BNA
ZERO
ビー・エヌ・エー・ゼロ
まっさらになれない獣たち

BNA ZERO

CONTENTS

アニメ『BNA ビー・エヌ・エー』スピンオフノベライズ

BNA ZERO

ビー・エヌ・エー・ゼロ

まっさらになれない獣たち

原作
アニメ『BNA ビー・エヌ・エー』

デザイン監修・イラスト
TRIGGER

監修
中島かずき

小説
伊瀬ネキセ

挿絵／竹田直樹

＊この作品はフィクションです。
実在の人物・団体・事件などには
いっさい関係ありません。

プロローグ

世界が燃え落ちるのを見るのは二度目だった。

一度目は、これが自分の生きる場所のすべてだと思っていた故郷の村。

そして二度目の今は、ここが自分の死んでいく場所になるのだろうと諦《あきら》めていた、〝獣人《じゆうじん》〟専用の強制収容所。

遠くで響く怒号《どごう》と悲鳴。執拗《しつよう》に何かを燃やし尽くす黒煙と臭《にお》いが、視界とすっかり鈍《にぶ》くなった嗅覚《きゆうかく》を塞《ふさ》ぐように取り巻いている。

いつの間にか倒れ込んでいた体を起こし、ナタリアは周囲を見回した。

何が起きたのか。

ほんの数分前の出来事すら、痺《しび》れかかった頭の中から拾い上げるのは困難で、それでもどうにかほじくりだした記憶によれば──。

(そうだ。伝説が、やって来たんだ)

初めは、いつも通りの一日だった。

鉄格子《てつごうし》の中に閉じ込められ、看守《かんしゆ》に引きずり出される獣人たちの悲鳴を聞き、次は自分の番だと肩を抱きしめて震える──いや、そんな恐怖すら麻痺《まひ》しかけていたかもしれない、日常。

今度こそ死ぬんだろうなというどうしようもない絶望の重さに、ただ背中を丸め堅いベッドの上に座っていた時、彼は来た。

我ら獣人たちに古くから伝わる、銀色の狼《おおかみ》。

千年を生きる、獣人たちの救世主。

苦難に喘《あえ》ぐ人々を助け、安住の地へと導いてくれるという——。

しかし。

(それから、どうなった……?)

彼と他の獣人たちと共に牢屋《ろうや》を脱出したところまでの記憶は辿《たど》れる。けれど、そこから先がなかなか形にならない。

再び、あたりを見回す。

足元——見慣れた床の様子から、ここが収容所内の人体実験室だったことは疑いようもない。しかし、忌々《いまいま》しいほどに整然としていた部屋は、今や徹底的に破壊されて風通しのよい瓦礫《がれき》の山と化していた。

まるで、そう……戦争でも起こったみたいに。

(……銀狼《ぎんろう》は夢だったの……?)

その時、何か聞こえた。

ぼやけた聴覚には、最初、それがサイレンのように聞こえた。人間の街に連れてこられてから何度も聞かされた寒気のする音。

けれどサイレンの音とは違う。どこか懐《なつ》かしい——そうだ。これは、獣《けもの》の遠吠《とおぼ》えだ。

誰かが呼んでいるのかもしれない。

ナタリアは人間たちに見つからないよう瓦礫の隙間《すきま》に小さな体を隠しながら、声のする場所を目指した。

火と煙が邪魔をする。目とのどが痛い。それでもなんとか進む。

もうすぐそこだ。間違いない。これは、狼の声。

「――――‼」

ナタリアは目を見開いた。

そこに神様がいた。

星空から落ちて来たような銀色の光を身にまとった一匹の狼。

彼は、突き出た瓦礫の上で気高い咆哮《ほうこう》を世界に浴びせていた。

「夢じゃ……なかった……！」

彼が助けに来てくれた。もう助かるんだ。もう体を切り刻《きざ》まれたり、怪《あや》しい注射をされたり、火や電流でいたぶられることもないんだ。

歓喜の言葉が思わず口から漏《も》れていた。

「銀狼様……！」

銀狼は、はっとしたようにこちらを振り向いた。星屑《ほしくず》のような光を散らしながら、長い尻尾《しっぽ》が揺らめく。

ナタリアはその時、安堵《あんど》の中で、確かに言葉を失った。

銀色の神様は、泣いていた。

第一話 スケープゴート

BNA ZERO
CHAPTER1

第二次世界大戦というのが、この戦争の名前らしかった。

正式な呼び名ではないだろう。色々な場所で起きた戦いの裏に関連性があるからそう言われるだけで、個々の戦いにはまた別の名前がつけられているに違いない。

なんとか戦争だとか、なんとか侵攻だとか、なんとか海戦だとか、だ。

一つ一つの名前までは興味ないが、森の奥の小さな隠れ里で暮らしていたナタリアが、こうして縁遠《えんどお》いはずの人間世界の情勢を知ることになったのは、皮肉にも獣人収容所《じゅうじんしゅうようじょ》にいた悪魔のような科学者たちのおかげだった。

体中を好き勝手にいじり回され、息も絶え絶えのまま実験台の上で放置されている時に、周りにいるくすんだ白衣の科学者たちの交わす言葉が自然と耳に入ってきたのだ。

人間たちの国が、世界中で争いを始めたこと。

科学者たちの国は劣勢で、それを盛り返すために獣人の力に目をつけ、それを手に入れようとしていること。

途切れ途切れに記憶している彼らの話だけでも、人間という種族がどれだけ栄えているか思い知るに十分だった。

だが、彼らは滅びた。

少なくとも、自分たちを捕らえていた人間たちは、この戦いに敗《やぶ》れた。

銀色の神様が収容所から獣人たちを救い出してすぐのことだったそうだ。

しかし、それで世界がすっかり元通りになったかと言えば、そんなことはない。

死人は生き返らないし、巻き込まれた獣人たちは故郷をなくしたまま。

各地に生々《なまなま》しい戦いの痕跡《こんせき》が残され、薄く灰色《はいいろ》がかった空には、火薬の臭《にお》いと戦闘の名残《なごり》の黒煙がいつまでもこびりつくように重苦しく広がっている。

聞くところによると、まだ戦争を続けている国もあるらしい。このなんとなく焦《こ》げ臭いような風も、そんな遠い場所から流れてきたものか。

などと考えてしまうが、目下の問題は——。

「お腹空《なかす》きましたね……」

ヨーロッパのとある一地方。人間たちに何と呼ばれているかもわからない、長い長い田舎道《いなかみち》を歩きながら、ナタリアは空に話しかけるようにそう言った。

まだ十代前半に見える幼《おさな》い顔を、どこかで拾ってきたケープの襟《えり》に埋もれさせた少女だ。背丈《せたけ》も低く、大人用のケープの裾《すそ》は膝下《ひざした》まで伸びて、まるでレインコートのようだった。

「三十分前にも同じことを聞いたぞ。獣人の誇りがあるのなら多少の空腹ぐらい我慢《がまん》しろ」

隣を歩く同道者は当然、自分に話しかけられたと認識し、冷然と言葉を返してくる。

「もうじき町がある。そこで炊き出し《スープキッチン》くらいしてるだろ」

「一時間前にも同じことを言われましたよ……」

同情の欠片《かけら》すらくれない彼の態度に唇《くちびる》を尖《とが》らせ不満を表すと、ナタリアは丘の向こうに消えていく坂道を力なく見やった。

あの丘の先にも背後と同じ原野が広がっているならば、何も考えずに倒れようと心に決めた。

せっかく地獄のような獣人収容所を生き延《の》びられたのに、命の終わりはそこら中に転がっている。それを理不尽だとか残酷と捉《とら》えるより先に、当たり前のことと割り切れてしまう獣人の性《さが》が少し恨《うら》めしい。

死は、ごく身近なものだ。

(戦争が終わっても、戦いは続いてる)

戦後を生き抜くための戦い。

収容所で家族や故郷の人々とはぐれたナタリアは、その典型と言えた。

故郷への帰り路も知らず──跡形《あとかた》もなく焼け落ちたのは知っているが──、かといって人間の土地で暮らす術《すべ》も持たず。見知らぬ街の隅《すみ》っこで野垂《のた》れ死ぬのが半《なか》ば運命づけられていた彼女を救ったのは、あの収容所の時と同じく、隣を歩く男だった。

伝説の救世主、銀狼《ぎんろう》。

千年を生きるおとぎ話の主人公が、すぐ隣にいる。

ナタリアは、彼の顔をそっと仰《あお》ぎ見た。

初めて出会った時に胸の内に溢《あふ》れ返っていた尊崇《そんすう》と憧《あこが》れは、飢《う》えた獣《けもの》の不機嫌さを顔面中に張りつけた露骨《ろこつ》な男の顔を視認するや否《いな》や、小さく萎《しぼ》んでいった。

「オーガミさんも我慢できてないじゃないですか」

「言うのは我慢してる。この差は大きい」

本気なのか冗談なのか。七割本気と読み切ったナタリアは、心の中で一層ボロボロのボロリンチョになっていく神様のイメージにため息をついた。

大神《おおがみ》士郎《しろう》。

それが伝説の救世主の名前だった。

すらりとした長身。くすんだ灰色の髪。物静かな眼差《まなざ》し、と言えば聞こえはいいが、実質的には〝鈍《にぶ》い〟と言い換えた方がしっくりくる。

すべてを鋭く見通す神様の目とは到底《とうてい》思えず、岩に刻《きざ》まれたように深く硬《かた》い眉間《みけん》のシワと相《あい》まって、不愛想《ぶあいそう》の権化《ごんげ》のような印象を与えていた。

「ホントにあるといいですね、町……」

「あるだろ。……きっと」

わずかに滲《にじ》ませた彼の弱気を聞き流し、無心で足を動かし続けたナタリアは、「カァ」と鳴く頭上の影に思わず空を見上げた。

「クロ！」

一羽のカラスが着地場所を求めてナタリアたちのまわりを一周する。

獣人収容所に捕まっていた生存者仲間で、一緒に脱出した後もくっついてきた。それ以来の仲だ。

クロは一旦《いったん》士郎の肩を狙《ねら》ったものの、彼の一瞥《いちべつ》で近寄りがたさを感じたのか、慌《あわ》てて引き返してナタリアの——よりによって頭の上にとまった。

「こら、クロ。とまるなら肩にとまりなさい。髪に泥《どろ》がつくでしょう」

「カァ」

クロは申し訳なさそうに一鳴きすると、肩に飛び移ってくちばしの先にくわえたものをナタリアに渡してきた。そして狭すぎる肩を嫌がって、また頭の上に戻っていく。

「これは……お金ですか？」

見慣れないコインだが、人間が作ったものに間違いなさそうだった。

クロが飛んできたのは、あの丘の向こう。それなら、この先に人間の町がある可能性は高い。

「オーガミさん」

「何をしてる。さっさと行くぞ」

救世主様はこっちのことなどほっぽって、すでに速度を増した足で歩き出していた。

「ちょっと、待ってくださいよ。もう！」

故郷の外の世界は想像をはるかに超えて広く、銀狼の伝説は一番高い所にあったのに、隣にいる彼は、何だが残念なくらい身近に感じられた。

結論から言うと、町はちゃんとあった。

ナタリアが捕らえられていたような大都市ではなく、もっと小ぢんまりとした町だ。

こんな静かな場所も一度は戦場になったらしく、遠くからも崩《くず》れた家屋やひび割れた道路が見て取れ、焼け出されたのか逃げ出したのか、周辺では半ば野生化した家畜が草を食《は》む姿があった。しかし、一旦町に入ってみれば、道行く人間たちの表情は決して暗くはない。

人間の国の境目がどこにあるのかナタリアにはさっぱりわからなかったが、どうやらここの町は戦争で勝利者側に立っているようだ。

精巧《せいこう》に積み上げられた白いレンガ壁の上に鮮やかな赤い屋根が載《の》せられた家が連なる町並みは、彼女の故郷とは比べものにならないほど発展しており、美しく見えた。

「綺麗《きれい》……」と思わずつぶやき、しばしその光景に見入る。

ナタリアは、人間を尊敬していた。

人間が生み出したもの、文化に憧れていた。

人間や人間社会に関《かか》わることを避ける傾向がある獣人としては、極《きわ》めて珍《めずら》しいことだった。

それだけでなく、無神経でガサツなのが一般的な獣人の気質であるのに対し、繊細《せんさい》で思慮深いという点でも、彼女は他人と一線を画《かく》していた。

村長の家にある数少ない人間の書物をいつも眺《なが》めていて、だから他の獣人たち――家族からさえも、小馬鹿《こばか》にされていた。

に。

——あいつ、また人間の本なんか読んでやがる。

——どうしてあんなものに興味があるのか。人間には近づかないのが一番だと教えてきたのに。

——村長も村長だ。一緒になって本を読んだりして……。

ナタリアは、そんなことを言い合っている彼らが嫌いだった。

獣人が、嫌いだった。

彼女の味方は、昔人間の土地に住んでいたという村長だけだった。彼は言った。

「ナタリア。おまえは賢《かしこ》く、物事を深く観察する目を持っている。人間に近づくのは、決して安全なことではない。しかし、いつか本物の彼らの文化に触れてみるといい。そして素直な心で、それを感じてほしい」

思えば、彼が人間を一方的に悪く言ったことは一度もなかったか。

故郷が焼け落ちたあの日。嫌いだった村の住人たちの悲嘆《ひたん》の声が飛び交《か》う中、ナタリアはわずかにだが、その閉ざされた世界が終わることを喜んでいた。人間の世界に近づけることを期待していた。その後の過酷な運命を知った今となっては、浅はかな望みだったと思わずにはいられないが……。

「綺麗だと？　またそんなことを言ってるのか。人間の町だぞ、ここは……」

士郎が不機嫌そうに鼻を鳴らし、ナタリアは回想の果てに霞《かす》み始めた感動をさらに灰色に濁《にご》らせていった。

人間が自分たちに何をしたか忘れたか。

ここはその人間たちの作った場所だ。

怒りが腹の底から湧《わ》き上がりかけたとき、カンカン、カンカン……と鳴り響いた金属音が、ナタリアの意識を外の世界へと引っ張り出した。

広場の方から聞こえてくるその音は、同時に、得《え》も言われぬいい匂《にお》いを運んできている。釣られるように自然と傾いた体の横を、嬉《うれ》しそうな話し声が通り抜けていった。

「おい。炊き出しだ。行こうぜ」

「助かった。もう腹ペコペコだよ」

どこか灰色じみた姿の、町の住人たちだ。老若男女《ろうにゃくなんにょ》を問わず、様々な人々が広場へと向かっている。ナタリアもいつの間にか小走りになって、彼らを追っていた。

広場に面した店の前には、人だかりができていた。

店の前から満足顔で散っていく人々を横目で見るに、シチューを配っているようだ。

一人、列に並んで待っていると、ナタリアの番になった。

「あの、これで足りますか」

緊張しながら、クロが拾ってきたコインを差し出した。人間の社会についてわずかばかりの知識はあったが、相場についてはちんぷんかんぷんだった。

大鍋《おおなべ》を背にした年配の女性は、にっこり笑ってシチュー皿を渡してくれた。

「頭にカラスなんか乗っけてるけど、行儀《ぎようぎ》のいいお嬢さんね。でも、お代はいいの。たっぷり食べて、今日を頑張るんだよ」

皿からこぼれんばかりに盛られたシチューを、ナタリアは士郎のもとに戻って頬張《ほおば》った。

温かくて、スパイシーで、ほっぺが落ちるほど美味《おい》しかった。

この町のことを教えてくれたクロにも、ご褒美《ほうび》として大きなジャガイモを分けてあげた。

「並ばないんですか？」

半分ほど食べて人心地《ひとごこち》ついたナタリアは、広場の壁を背にして立つ士郎が、固く腕を組んだまま動かないことを気にしてたずねた。

「人間の施《ほどこ》しなど受けない」

その頑《かたく》なさが、ナタリアの薄い胸の内側に冷たいものを呼び込んだ。

さっきまであんなに空腹でしかめっ面《つら》していたのに、という単なる呆《あき》れでは済まない、もっとじっとりとした苦い感情。

彼も、同じだ。

神様なのに。千年、獣人たちを救い続けてきた偉大な救世主なのに。頑迷《がんめい》で視野が狭く、偏屈《へんくつ》な故郷の獣人たちと何一つ変わらない。

人間なんか、人間のものなんぞ、と馬鹿にして、その存在を、その価値を認めない。

神様はもっと聡明で、海のように大らかな存在だと信じていたのに。

「じゃあ、これ、食べてください」

自分でも何にそこまで腹を立てているのかわからないまま、ナタリアはシチューの皿を士郎に突きつけていた。

「獣人からの施しなら受けられるでしょう?」

士郎は少し呆気《あっけ》にとられた顔で、

「何だそれは。そのシチューはお前の分だ。腹が減ってたんだろ。もっと食え」

「わたしは小食なのが取り柄《とりえ》ですから、もう十分です。食べてください。あなたに倒れられたら、わたし一人では運べません。もしそうなったら、人間に手伝ってもらいますけど、いいんですか?」

「………………」

その光景を想像したのか極めて強烈なしかめっ面になり、士郎はようやくシチュー皿を受け取った。

気難しい顔を何とか維持《いじ》しようとしているようだったが、スプーンを口に運んだ途端《とたん》、わずかにそれが緩《ゆる》んでしまったのを、じっと見つめていたナタリアが見逃すはずがなかった。

「………………」

注視されていることに気づいたのか、士郎は慌てて明後日《あさって》の方向を向いてシチューを食べ始めたが、後の祭りだ。尻尾《しっぽ》が生《は》えていたらさぞ見ものだったろうに、とナタリアは微苦笑した。クロも「カァ」と鳴いて一緒に笑う。さしもの銀狼も、空腹には勝てない。だから、意地でも食べさせたかった。

不意に、澄《す》んだ音色《ねいろ》が広場に広がった。

空《から》になったシチュー皿を抱え、灰色がかった空を見上げていた人々の視線が、一つの方向へと移る。

それにならったナタリアの目の先では、一人の男が、無数の弦《げん》が張られた楽器を爪弾《つまび》いていた。

始めは一つだった音は、やがて風に揺れるカーテンのひだのように連なり、重なり、戦争の気配を残す寂寥《せきりょう》とした炊き出しの現場に、平穏《へいおん》な空気を呼び込んでいく。

「何だ、ありゃあ」

「チターですよ。オーガミさん」

本の中でしかその楽器を見たことがなかったナタリアは、実物とその音色を前に声を上擦《うわず》らせた。

「チター？　ギターじゃないのか？」

「もっと難しい楽器です。綺麗な音ですね……」

目を閉じて聴き入る。獣人たちにも歌や音楽はあるが、よく言えば素朴《そぼく》、悪く言えば原始的で、このように複雑で、繊細で、自由自在ではない。

やっぱり、人間は、すごい――。

そんな感嘆の念が、胸の奥で膨《ふく》らみかけたものの、何かにつっかえて不意にしぼんでいった。

どうして？

つい士郎の顔を見てしまったが、彼は不愉快《ふゆかい》そうではあったものの、口を堅く閉ざして何も発言してはいない。今、感動に水を差したのは彼の声ではない。自分の中にある何かだ。

怒り。悲しみ。痛み。

さっきまでは確かにあった素直な思いが、それらのせいでもう体のどこを探しても見つからないと実感したナタリアは、八つ当たりのように、恨めしげな視線を広場に巡《めぐ》らせた。

ふと、同じ服装をした男たちの姿が目に入った。

ここに来るまでに何度も目にした、軍服を着た男たち。

戦いを終えて町に戻ってきたという風情《ふぜい》の彼らは、その場に居合わせた人々に声高《こわだか》に何かを語って聞かせていた。

「俺の戦友は、Uボートが息継ぎするところを見たんだぜ」

「何だそんなの。俺の戦友の戦友は、イギリス軍がタイヤのオバケみたいな爆弾を転がして戦車を吹っ飛ばすところを見たぞ」

浮かれた顔と声で語られる戦争の四方山話《よもやまばなし》を、真剣に聞いている者は皆無《かいむ》だった。まわりにいる人々はみな、チターの音色に交ざり込んだ酔っ払いのたわごとのように、彼らの話を微笑を浮かべて聞き流していた。

だが。

「そういえば、獣人の部隊は恐ろしかったなあ」

「ああ。ヤツらは尋常《じんじょう》じゃなかった」

その単語が出た途端、それまで穏《おだ》やかに流れていた場の空気が停滞した。

「獣人は、その、やっぱりヤバいのかい？」

聴衆の一人が恐る恐る問いかけると、興味を示してもらって気をよくしたのか、帰還兵《きかんへい》の男はさらに声のトーンを上げながら答えた。

「おお、そりゃもう、シャレにならねえなんてもんじゃなかったぜ。突然ケモノに変身したかと思ったら、銃は効《き》かないわ、戦車を素手《すで》で放り投げるわ、やりたい放題だ」

「だが俺たちの部隊も負けちゃいなかったぜ。上手《うま》く罠《わな》に誘い込んで、みんなで一斉《いっせい》に……」

獣人が聞けば噴飯《ふんぱん》ものの内容はまだ続いていたが、町の住人はもうそれをほとんど聞いていないようだった。みな一様《いちよう》に、含みのある視線を交わし合ってから、自分のつま先に目を落としている。

「この町には獣人がいるようだな」

声を潜《ひそ》めた士郎の一言が、ナタリアの肩を揺らす。

「ここの連中、今、そのことを考えてる」

冷静に目で分析《ぶんせき》する士郎の声に、ナタリアは彼が――そして自分が、何のためにこうして各地を放浪しているかを思い出した。

人間に苦しめられている獣人たちの救済。それが、銀狼の長い長い旅の目的。

彼に拾われたナタリアも、その手伝いをしている、つもりだ。

「見に行くぞ」

その場に皿を置いて歩き出した士郎を、ナタリアは慌てて追いかけた。もちろん、皿はあのお店までしっかりと届けて、お礼を言ってから。

獣人たちの住処《すみか》はすぐに見つかった。

獣人探しに慣れた士郎は、〝獣化〟してオオカミ獣人の姿にならずとも、道行く人々の態度や気配だけで大まかな位置を割り出せるのだ。

特段、他の家と違うところのない、赤い屋根の平凡な家屋だった。

「ごめんください」

ナタリアがドアをノックすると、中から人の好さそうな老人が顔をのぞかせた。

彼はこちらを見るなり、老眼鏡をかけた目をわずかに見開き、

「おや……。あなた方は獣人ですか？」

「ええ。わたしはナタリア。こっちはオーガミさんです」

ナタリアが不愛想な士郎を片手で示して挨拶《あいさつ》すると、老人は柔和《にゅうわ》な笑顔を浮かべて、入り口の扉を大きく開いた。

「家族以外の獣人と会うのは久しぶりです。どうぞどうぞ、中へ」

招かれたリビングはきれいに整っていた。この町では普通の光景なのだろうが、ついこの間までガサツな獣人村にいたナタリアからすると、ひどく上品で垢抜《あかぬ》けて見える。

「あら、お父さん、その人は？」

「ああおまえ。お客さんだよ」

リビングには家族が集まっていた。テーブルに並べられたカップからは、嗅《か》いだことのない良い香りが漂ってきている。ちょうど、一家団欒《だんらん》の時間だったらしい。

ナタリアは再び自己紹介をし、彼らも歓迎するようにそれを返してきた。

メリー老夫婦と、その息子夫婦。それに小さな赤ちゃんを加えた五人家族。この一家以外に、この町で暮らす獣人はいないようだ。

「だいぶ長旅のご様子ですが、どちらから？」

一家の長であるロバート・メリー老が柔らかに話しかけてくる。その態度からも話し好きなのが伝わってきて、ナタリアは何だか故郷の村長を思い出した。

「北の方からだ。街の名前は知らない」

士郎が端的《たんてき》に答えると、ロバートは何度もうなずき、

「では市街戦の激しかった地域ですね。さぞ大変だったでしょう。こちらは、一度は敵軍に占領されたのですが、その後すぐに連合国が取り返してくれたおかげで、さほど被害はありませんでした。幸い家族も全員無事です。家を失《な》くして苦労されている人は気の毒ですが……」

さすがに住んでいるだけあって、詳《くわ》しい。というよりも……。

「人間の町で暮らしていけるんですか？」

ナタリアは率直《そっちょく》に訊《き》いていた。

老夫妻はお互いを見合って微笑《ほほえ》み、「もちろんです」とうなずいた。

「町の人間は、あなた方が獣人だと知っているようだが」

淹《い》れられたお茶を存外《ぞんがい》、品よく飲んでいる士郎がたずねても、彼らの笑顔は変わらなかった。

「ええ。彼らはそれを知った上で受け入れてくれています。我々も感謝しています」

素性《すじょう》を隠して人間の町に住み着いている例はナタリアも知っていたが、メリー一家のようなケースは初めてだった。士郎の様子をちらりとうかがうが、こちらは驚いた様子もない。彼からすれば、これも珍しいことではないということか。

「失礼ですが、あなた方はご兄妹でしょうか？」

今度はロバートが訊いてきた。

ナタリアは慌てて首を横に振った。

「いえ。わたしは村ごと人間に捕まっていて。それをこの人に助けてもらったんです」

「何と、そうでしたか。それはおつらかったでしょう。助かってよかった」

ロバートは深い同情を示すように眉《まゆ》を下げ、それ以上たずねようとはしなかった。その後、村はどうなったのか、どうして村人と行動せず、彼といるのか。そのあたりの事情を、最悪の状況を想定して口にしなかったのだろう。こちらを傷つけないために。

行き過ぎた配慮にこそばゆくなった。

正直に白状するならば、故郷や故郷の人々が恋しい気持ちは小さい。たとえ全員無事で村が再建されているとしても、そこに戻ったところで、小馬鹿にされ、息苦しい生活が待っているだけだ。

士郎に拾われなければ命がなかったことはウソではないが、今も銀狼にくっついて行動しているのは、強い目的があってのことではない。

探したい何かを探している——そんな言い訳を自分に続けるナタリアに、士郎は何も言わずに、ただ隣にいることを許してくれた。

見つけたければ、問うことだ。

曖昧《あいまい》な物言いながら、かつて村長に言われた言葉を信じ、ナタリアは会話を続ける質問を向けていた。

「メリーさん一家は、みな同じ獣性を？」

「ええ。ヤギ獣人です」

獣性――すなわち、何の動物へと変化する力を持っているか。獣人たちにとっては、何に変化できるからと言って偏見《へんけん》も差別もない、ただの挨拶のような話題。

人間に捕まってナタリアが最初に驚いたことは、彼らが獣人と獣化についてあまりにも無知なことだった。

獣人の方が無知なのはわかる。ずっと昔から人間との関わりを避けてきたのだから、世間知《せけん》らずにもなる。しかしこれほど世界に広がり、広い見識と知恵を持つ人類が、獣人の初歩的なことすら知らないことがナタリアには不可解にすら感じられた。

まず彼らの最大の誤解は、獣人を〝ヒトではない〟と見なしているところだった。

動物がヒトへと近づいた結果だと考え、胃袋が複数なかったり腸が極端に長くはないことに心底《しんそこ》驚いていた。

そんなバカな話があるか、と思った。

獣人たちはみな、小さい頃から語って聞かされている。

獣人は、ヒトだ。

人間とは異なるヒト属の起源を持ち、別の文化を発展させた、もう一つの人類。それが獣人なのだ。

彼らは進化の途中で、自らが神と崇《あが》める動物種に近づくため、己《おのれ》の体を変化させる力を手に入れた。その獣化こそが、獣人が獣人と呼ばれる所以《ゆえん》。あくまで、ヒトがベースなのだ。

「ヤギなら、比較的温厚だから、人間とは上手くやっていけそうですね」

「それもあるでしょう。もちろん、人間に迷惑をかけぬよう注意を払っておりますが、それは、町に住む人間誰もがやっていることです。ちなみに、あなた方は？」

「わたしはハダカデバネズミ。オーガミさんはオオカミ。あとこれはカラスです」

「カァ」とクロが羽を広げて挨拶し、それを見た赤ちゃんをキャアと喜ばせた。

そしてもう一つ、人間の科学者たちが根本的に間違っていたこと。

それは、異なる獣性を持っていたとしても——たとえばライオン獣人とゴリラ獣人でも——、同じ種族だということ。

獣人のメインはあくまでヒトの方にある。獣化した姿がどれほど多様であろうと、獣人は獣人という単一の種なのだ。

ただ、性格や気質がその動物に似てくることは往々《おうおう》にしてあった。そもそも、崇めた獣の姿になりたくて本当になってしまったくらいなのだから、性質の模倣《もほう》などもう本能のレベルだろう。それが余計に、人類を勘違《かんちが》いさせたのかもしれない。

「広場で炊き出しをやっていましたが、メリーさんたちは大丈夫なのですか？」

ナタリアは再び質問を投げかけた。この雑談のような会話に士郎が何も口を挟《はさ》んでこないのは、これは、調査の一環《いっかん》だからだ。

彼らの身辺を探り、危機的状況とわかれば救い出す。それが、銀狼の役目だった。

「我々はまだ大丈夫です」と、わずかな弱音を顔に滲ませたロバートの視線は、恐らく無意識のうちに、息子夫婦、そして彼らの赤ん坊へと移っていった。

「備蓄は少ないですが、わたしは野山で山菜を採《と》ることができます。食料の無料配給は、本当に大変な思いをしている人々が受けるべきものです」

「立派《りっぱ》なお考えだと思います」

ヤギ獣人だからといって、これもやはり、ヤギと同じ食性になるわけではない。

山菜だけで栄養のすべてをまかなえるはずもなく、注意して見れば、メリー一家の顔にはわずかながらやつれの陰《かげ》があった。こうした我慢も、人間たちと暮らす上では必要なのだろう。なのに。そんな彼らの懸命な努力を歯牙《しが》にもかけない救世主殿がそばにいる。

「人間なんぞに気を遣《つか》う必要などない。自分たちの暮らしを第一に考えろ」

「オーガミさん……」

慌ててわき腹に肘《ひじ》を突き入れたが、遅きに失した。彼はどこ吹く風で、憮然《ぶぜん》とした顔のまま眉一つ動かさない。何を勝手なことを言ってるのだろうか、この人は？

「それは、なかなかどうも……」

メリー一家も微妙に困った表情を浮かべている。彼らに、この人、救世主です、と教えたら一体どんな顔をするだろうか。伝説の終わりは、今日その時から始まるのかもしれない。

「と、とりあえず、お二人とも長旅でお疲れでしょう。何のもてなしもできませんが、せめて泊まっていってください。旅の獣人が安心して休める場所はそうそうないでしょうから……」

「そんな……」

「食事は結構だ。水と寝床がもらえれば、とてもありがたい」

固辞《こじ》しようとしたナタリアを、士郎のきっぱりとした声が遮《さえぎ》る。親切な彼らに負い目も負担も与えず、それでいてそこそこ図々《ずうずう》しい物言い。口調を含めてこのあたりの絶妙な塩梅《あんばい》は、確かに、千年ものなのかもしれない。


久しぶりにベッドで快眠できたナタリアは、昼までロバートからたっぷりと町での暮らしについて話を聞き、炊き出しの鐘《かね》が鳴るのを待ってから広場へと出た。

ロバートの話はいずれも興味深かった。広場の由来《ゆらい》、近くの農場での収穫祭の様子、チターの楽曲、彼の祖父がこの町に流れ着いた経緯《いきさつ》——。いずれも、本に書き込まれた文字より何倍も鮮明に、ナタリアの心に響いた。

広場では、昨日と同じように店の前に行列ができていた。

もらったシチューを少し腹に入れ、すぐに士郎へと渡した。

「ほとんど食べてないじゃないか」

気を遣われたと思ったのか、若干《じゃっかん》不服そうに言ってくる。

「わたしの体は獣性の影響で体温調整をあまりしません。その分エネルギー消費が小さいので、摂取《せっしゅ》するカロリーも少なくて済むんですよ」

　毛皮の裏地が付いた暖かいケープを摘《つ》まんで「体温の維持はこれ任せです」と示すと、ナタリアは広場に視線を巡らせた。昨日の元軍人らしき二人組は来ていない。

　ふと、近くの階段に腰かけた男たちの会話から「獣人」という言葉が出るのを小耳に挟んだ。

「ああ。知ってるよ。煙突《えんとつ》掃除のメリーのとこだろ。安い給金で文句も言わずに働くヤツさ」

　どうやら彼らは、ロバートの息子と顔見知りらしい。

「あそこの家、子供が生まれたばかりで生活もきついはずだよな？　何で広場に来ないいんだ？」

「さあ？　何でだろうな？」

　会話のトーンが下がる。

「ひょっとして、みんなに内緒《ないしょ》で家に食料貯《た》めこんでんじゃねえのか？　ほら、あいつ獣人だろ？　バレないよう動物に変身して、畑から盗んできてるのかも……」

「おい、ウソだろ？　あいつはいいやつだぞ」

「わかんねえぜ。今なら農家から逃げ出した家畜が町の外にうようよいる。ちょっとぐらい被害が出たって、そいつらのせいだと思うさ……」

　ナタリアはかっとなって男たちに言い返そうとした。メリー一家は苦しい思いをしながらも、町の人間たちのためにここに来ることを我慢している。陰口《かげぐち》とはいえ、あまりにも一方的な物言いだ。

しかし、乗り出そうとした肩を大きな手が押さえつける。

「オーガミさ……」と吐き出しかけた言葉を虚空《こくう》に置き去りにさせられ、ナタリアはぐいと、士郎の陰に引き寄せられた。

彼の目線は、用心深く広場の入り口の方を向いていた。

たった今、そこから入ってきたのは、町人たちとは雰囲気《ふんいき》の異なる男たちだった。

「……！」

ナタリアは、彼らの纏《まと》う剣呑《けんのん》な空気を知っていた。

威圧《いあつ》的な声が広場の人々に投げ込まれる。

「この町に、敵国に加担していた人間はいないか！　敵国と取引をして財を成した者、敵国の男と寝た女、その他、敵に媚《こび》を売って生き延びようとした恥《はじ》知らずがいたら、我々に知らせてほしい！」

――〈追放運動〉！

以前通った街で、彼らの行為がそんなふうに呼ばれているのを思い出し、ナタリアは息を呑《の》んだ。元々低い体温がさらに落ちるのを自覚する。

彼らのやっていることを端的に言えば、敵国に加担した者に対する腹いせ、仕返しだった。

見せしめのように公衆の面前で衣服を剝《は》ぎ取り、罵声《ばせい》を浴びせ、殴る蹴《け》るの暴行を加える。

恐ろしいのは、つい昨日までは共に暮らしていたはずの住人たちが、恐ろしい形相《ぎょうそう》でそれに参加することだ。止めようとする者も容赦《ようしゃ》なくぶちのめされた。それまではぎりぎり抑えられていた戦中の狂気が、一気に吹き出したみたいだった。

本来は、ちゃんとしたルールに基《もと》づき行われるはずの行動だったのかもしれない。しかし、人目につきにくい小さな町や村では、その活動はだんだん過激に、陰惨《いんさん》になって、復讐《ふくしゅう》という意味合いを強めていった。

「あまり目につかない方がいい。大人しくしていろ」

肩から手を離されても、ナタリアの体は士郎の陰から動けなかった。

豹変《ひょうへん》していく人々が、恐ろしかったのだ。

「ここが占領されてたのはごく短い期間だ。黙って家にこもってるうちに、敵さんはどっか行っちまったよ」

陽気な男が、緊迫した空気を追い払うように声を張り上げた。

他の住人たちも、一旦顔を見合わせてから、うなずいて同調する。

わずかに緩んだ空気に、しかし〈追放運動〉の男たちは不満そうだった。最初に発言した町の男に対して「まさか、ここの住人全員がそうなんじゃないだろうな?」と嚙《か》みついて、彼を驚かせる。

「だったら、よそ者はどうだ⁉　このご時世だ。どこかの犯罪者が町に紛《まぎ》れ込んでいてもわからないぞ。よその町では、帰還兵のふりをして凶悪犯が隠れていたこともあった！」

「ターゲットを変えやがった」

士郎が忌々《いまいま》しげにつぶやく。

これも、いつものことだ。誰でもいいから攻撃し、排除したいという意志が、彼らの血走った目に宿っている。第三者のナタリアから見て、〈追放運動〉が不気味かつ卑劣に映るのは、これが最大の理由だ。

広場の空気が微妙に変わっていくのを、ナタリアは肌《はだ》で感じた。ハダカデバネズミの皮膚《ひふ》は敏感だ。人間形態の時にまでその感性を発揮《はっき》することはできなかったが、似たようなものを感じ取ることはできる。

「よそ者……」

「危険人物……」

広場の空気は少しずつ、そして確実に、ヒステリックな方向へと流れ始めていた。

〈追放運動〉の男たちの言説も、「裏切り者を追い出せ」から「信用ならないよそ者を追い出せ」に移り変わってきている。なのに、もう誰もそれに異論を唱《とな》えない。

「ヤツらは生贄《いけにえ》が欲しいのさ。自分が少しでも安全だと思えるための、生贄がな……」

広場に集まった人々の目が、お互いを探り始める。

誰か、見知らぬ人物はいないか。日頃から、得体《えたい》の知れない相手はいないか。

わずかでも、少しでも、信用できないのなら、今のうちにそれを消し去ってしまいたい。

そんな眼差しが迫る前に、士郎はナタリアの腕を取り、ごく自然に音もなく広場を離れた。獲物《えもの》を追う狼《おおかみ》の足というより、闇《やみ》から闇へと跳《と》び渡る豹《ひょう》のような動きだ。

「獣人が狙われるぞ」

メリー一家の住処の方へと足を動かしながら、士郎は端的に告げた。ナタリアにもその予感はあった。

「何とか説得を……。ロバートさんたちは何も悪くありません。話せばきっと……」

「わかってくれるように見えたか？　ヤツらはすぐに暴徒化する。一家を安全な場所に逃がすしかない」

理不尽だった。

戦争を始めたのは人間で、この町を侵略したのも人間なのに、どうして獣人が攻撃されなければならないのか。

どこかからチターの音色が聞こえてきた。昨日の穏やかなメロディではなく、不安を掻《か》き立て騒動をあおるような響きだ。そんな音、聞きたくなかった。

メリー一家の家に着く。

彼らは何も知らず、平和な時間を過ごしていた。それはそうだ。彼らが非難されるいわれなんて、何一つないのだから。

「おや、ナタリアさん。オーガミさん、おかえりなさい。……どうしました？」

ロバートがこちらのただならぬ気配を察し、神妙《しんみょう》に訊いてきた。

「ロバートさん、家族は全員揃《そろ》っているか？」

「え？　は、はあ……」

士郎の問いかけに、戸惑《とまど》いながらもうなずき返した彼の顔は、続く言葉に完全に硬直することになる。

「町の連中があなたたちを狙ってる。すぐにここから逃げた方がいい」

「そんな、どうして⁉」

悲痛な声を上げたのは、ロバートの一人息子だ。仕事がちょうど昼休みなのか、家に戻ってきていたのは不幸中の幸いだった。

「戦争の意趣返《いしゅがえ》しをしたいヤツらが、都合のいい標的を探そうと町の連中を煽《あお》ってる。悪いが、家具は諦《あきら》めてくれ。どこか身を寄せられるところは？」

「え、あ、ありません。ぼくたちは、ずっと前から家族だけでここに住んでいますので……」

「なら、どこか安全な場所まで俺が同行する。心配するな、獣人は必ず助ける」

言葉以上に力ある声で断言され、メリー一家はようやくこれが何かの間違いでないことを悟ったようだった。

だが。

「すみませんが、わたしたちは行けません」

年老いたロバート夫婦が、消沈した声を士郎へ向けた。

「妻は足が悪いのです。わたしも、速く走るようなことはできません」

ナタリアは、彼の発言の意図をすぐに察した。

町の出入り口が、人間によって固められている可能性を示唆《しさ》しているのだ。そして、とてもそこを抜けられそうにないから自分たちを置いていってほしいと。残れば、どんな運命が待っているかわかった上で。

「全員ぶちのめせば問題ない。行くぞ」

「待ってください、オーガミさん。それでは余計に彼らを刺激してしまいます。町を離れても追いかけてくるかも。それでは危険が増すだけです」

士郎の乱暴な案に反発したナタリアは、不満そうな彼の視線から顔を背《そむ》け、しばし黙考する。

メリー一家を安全に逃がす方法はないか。人間たちを一切傷つけず、気づかれもせずに町を脱出する方法……。利用できる状況は？　利用できる知識は？

閃《ひらめ》くものがあった。

ナタリアはさっと顔を振り向け、士郎に訊く。

「オーガミさん。牧羊犬《ぼくようけん》って、できます？」

日が傾く頃、昼過ぎまでは確かに平穏だった町は、ぬめつくように陰湿《いんしつ》な空気に包まれていた。

関わり合いになりたくない多くの家が窓に鎧戸《よろいど》を落とし、あるいは明かりを消して、表通りから距離を置こうとする。

そして街路では、木材や火掻《ひか》き棒、果ては猟銃《りょうじゅう》まで持ち出した男たちが、みな一様に、攻撃性と不安をない交ぜにした面持《おもも》ちで歩いていた。

——危険人物を町から追い出すだけだ。これは正当防衛だ。

この錯乱《さくらん》じみた行動を決起《けっき》と名付けて、少しでも自己とその尊厳を傷つけないよう言い訳している顔だった。

ただ獣人を追い出すだけ。武器は脅《おど》すだけのもの。危害は加えない。

彼らのうちの大半は、その程度にしか考えていないだろう。

だがごく少数の人間——そしてそれで十分——は、より陰惨な目的で武器を握りしめているのが体臭でわかる。

獣人を殺す。一発発砲音が鳴り響けば、群衆は一気に興奮《こうふん》状態に陥《おちい》って武器を振り回すことを、その少数の人間たちは知っている。

「させるかよ」

彼らの悪質な思考を読み切った大神士郎は、使い古しの外套《がいとう》の内側に自《みずか》らの獣性を解き放った。

獣化。

体中の皮膚から灰色の体毛が膨れ上がり、口は耳まで裂け、二十八本の健康な歯を、四十二本の鋭利な刃へと生まれ変わらせる。

四肢《しし》が生み出す力の上限が数段跳《は》ね上がり、手を突いている民家の煙突を砂細工のように脆《もろ》く感じさせた。一気に鋭くなった嗅覚《きゅうかく》は、町全土の住人に一つ一つ名札を割り振っても、まだ識別の余裕がある。

自分の鼻先が視線のずっと先にあることに違和感よりも充足感を抱き、フードを頭の上に乱雑にかぶせた彼は、屋根の陰から群衆へと大声で呼びかけていた。

「獣人が逃げたぞ！」

人間たちがぎょっとして身じろぎすると同時に、五頭のヤギが町の大通りを駆けだした。

わあああああ――……。

メリー家の外から聞こえてくる歓声にも似た怒号《どごう》の波に、ナタリアは思わず身震いしていた。

始まった。

声の主たちが行っているのは、この町伝統の楽しいお祭りではない。

獣人を追い立てる、いわば人狩《ひとが》りの蛮行《ばんこう》だ。

「行きましょう」

戸口の前で振り返ったナタリアは、背後でうなずき返してきたメリー一家五人の顔を素早く見回してから、そっと扉を開いた。

家の外に人気《ひとけ》はなく、群衆はずっと遠くで地鳴りのような音を轟《とどろ》かせている。

これなら、町の外まで誰とも会わずに行ける。

ナタリアは、緊張の中に小さな微笑をこぼした。

うまくいった。

五頭のヤギは、囮《おとり》だ。

町の外で半野生化していた家畜を、密《ひそ》かに士郎に捕まえてきてもらった。

それを一斉に町に放ち、人間たちに追いかけさせる。

ナタリアは、これを提案した際の士郎の反応を思い出した。

――「この俺を牧羊犬扱いとは」

そう言った彼の顔は、伝説の銀狼に対するあまりの役不足に、憤《いきどお》りを通り越して嘲笑《ちょうしょう》すら浮かべているように見えた。

確かに、獣人の救世主にやらせるような仕事ではないだろう。もっと厳《おごそ》かで圧倒的な行為が、神様には相応《ふさわ》しい。と思ったのだが……彼はものすごいドヤ顔で、

「実は大得意だ。何なら、この町のすべての道を一筆書きで駆け抜けてやろうか？」

「いや、いいです。こっちの指定した通りに走ってください」

「えっ……」

「何ですかその顔初めて見たんですけど⁉　もしかしてものすごくやりたかったんですか⁉」

「いや、別に……」

「どこが⁉　信じられないくらいがっかりした顔してますけどそれのどこが⁉」

……まあ、そんなこともあったのだが、あんな顔をするだけあって、ヤギたちの誘導はうまくいっているようだった。

（まったく、今回は、人間たちの無知に助けられた……）

獣人は、完全な獣にはなれない。

人間と動物が混ざり合った姿にしか、なれないのだ。

しかし、それを知っているのは、複雑な気分になるが、あの獣人収容所にいた科学者たちぐらいだろう。この町の人々は、メリー一家がヤギに化けて畑を荒らしているなんて馬鹿げた話を信じるほど、獣人を知らなかった。

完全に獣になれるのは――〝完全獣化〟ができるのは、世界でただ一人。

奇《く》しくもあの銀狼。大神士郎だけだ。

一家を率《ひき》いて進む裏路地に人気はない。

士郎は町の出入り口を固めていた人々も引き込むよう、ヤギを走らせているはずだ。最後にはヤギごと町を脱出し、メリー一家は完全に逃げおおせたと錯覚《さっかく》させる。その隙《すき》に、こちらは町の反対側から出ていく作戦だった。

「落ち着いて。慌てなくて大丈夫ですから」

後ろを振り返り、家族がちゃんとついてきているかを確認。全員無事だ。

あと曲がり角一つ。そこを曲がれば、出口が見える。

しかし。

「あっ……」

強張《こわば》った相手の瞳《ひとみ》に映る自分もまた同じ顔をしていると、ナタリアは瞬時に理解した。

「おばさん」

見覚えがあった。大盛りのシチューを振る舞ってくれた、広場の店の女性だ。

ナタリアは言葉を失った。彼女が大声で叫んだら、ヤギを追い回している群衆の一部は、それを聞いてここに駆けつけてくるかもしれない。

どうする？　それ自体が致命的とも言える逡巡《しゅんじゅん》に全身を硬直させた直後、ナタリアは、目の前の女性が周囲に目配《めくば》せし、こちらに向かって小さく手を振る仕草《しぐさ》をするのを見た。

「何立ち止まってるんだい。さあ、早くお逃げなさい」

驚いた、が、深く追求している時間はない。ナタリアは女性のわきをすり抜けた。

「ごめんね、おばあさん。何の力にもなってやれなくて……」

息子が背負うロバートの老妻に、女性が苦しげな声をかけるのが聞こえた。

「いいのよ。今日までありがとう。元気でね」

老女は陽《ひ》だまりのように優しい声で返し、彼女の前を通り過ぎた。

彼女は、見逃してくれた。人間でありながら、獣人の味方をしてくれた。

群衆を止めてほしかったとまでは言えない。もし迂闊《うかつ》に口出しすれば、その場で相手を袋《ふくろ》叩《だた》きにして悪びれない怖さが、彼らにはある。こうして脱出を見逃すことさえ危険なのだ。

「何でだろ……」

こういう人もちゃんといるのに、どうしてメリー一家はこの町から出ていかなくてはいけないのだろう。獣人は、どうして、人間と暮らせないのだろう。

湧き出た疑問の答えなどかすかにも見えないまま、ナタリアたちは町の外へと脱出した。

一家を近くの森に避難させたナタリアは、クロに留守を任せ、士郎を呼びに町の方へと戻った。

まさか調子に乗ってまだ町中《まちなか》を走り回っているとは思えなかったが、待ち合わせ時間になっても現れない以上、捜しに行くほかなかった。ナタリア一人では、何かあった時に一家を守り切れない。

町の入り口に人影はなく、内部の騒乱の音も聞こえてこなかった。

（ヤギたちもうまく逃げ切った……？）

物陰からそっと町の中の様子をうかがった、その時。

「動くな」

背後からかけられた声に、心臓が跳ね上がった。

「手を上げてゆっくりこっちを向け」

言われるがまま手を上げ、振り向く。

そこにいたのは、顔を病的に引きつらせ、拳銃を構えた、あの〈追放運動〉の男だった。

頭の中が真っ白になった。膝が震え、その場に座り込みそうになる。だがそんな大きな動きを見せれば、目の前の男は簡単に引き金を引くだろう。それほど神経質になっていた。

「何だおまえ。子供か？」

男が少しほっとしたように訊いてくる。

うなずければよかった。うなずいて、町の子供だと言い張れれば、まだごまかしがきいた。

普段の自分なら、それくらい頭は回ったはずだ。

しかし、できなかった。

恐ろしかった。目の前の人間が、あの科学者たちと同じに見えていた。

何度懇願《こんがん》し泣きわめいても何一つ許してくれず、残酷な行為を繰り返した、あの科学者たちに。

「なぜ黙っている。さては貴様、この町の獣人たちの仲間か？」

沈黙を一方的に肯定と決めつけられ、腕を摑《つか》まれた。そのまま町の中へと連れ込まれる。

「町の連中に確かめてやる。もしヤツらの仲間なら、その時は覚悟しておけよ？」

瞬間。嗜虐《しぎゃく》的な笑みを浮かべた男の顔が、薄闇《うすやみ》に陰った。

「何の覚悟だ？」

獰猛《どうもう》な獣の唸《うな》り声がしたと思った直後、ナタリアの腕は突き飛ばされるようにして解放されていた。反対に、宙づりにされた男がばたつかせる足が鼻先をかすめ、彼女は目をぱちくりさせる。

男の頭を鷲摑《わしづか》みにし、片手で釣り上げているのは、灰色の狼――士郎だった。

「バ、バケモノ！」

男は銃を突きつけようとした。しかし士郎は一片の動揺も見せず、まるで虫を払うように無《む》造作《ぞうさ》に、男の銃を手で打ち払った。

「おまえ自身に何の覚悟が必要か、言ってみろ！」

「ヒイイイイッ！」

男にぐいと顔を近づけて吠《ほ》える士郎は、激昂《げっこう》する獣そのものだった。男のズボンに濃い染《し》みが広がり、たちまち臭いつきの湯気が立ち上っていく。

「オーガミさん……」

思わず、彼がこの人間を殺してしまうと思って呼びかけた。

あの獣人収容所で、動く人間すべてを無差別に殺し尽くした時と同じように。

しかし、一瞬ちらりとこちらを見た士郎の瞳には、確かな理性が宿っていた。

「忘れるな」と彼の声が告げる。

「獣人に手を出せば狼がやってくる。この次は、ない」

男はうなずこうとしたのだろうが、その動作がこちらに伝わることはなかった。

言いたいことを言った士郎が、片手で男を放り投げる。冗談みたいに綺麗な水平線を描いて民家の壁に頭から飛び込んだ男は、身長を数センチ減らす豪快な音を立てて突き刺さると、それから長く深い眠りに入ってしまった。

「無事か。ナタリア」

「ええ……。助かりました。ありがとう」

振り向いた士郎は、すでに人間形態に戻っていた。

「銀狼にはならなかったんですか?」

ナタリアの問いに、士郎はうつむくように顔を伏せ、「銀狼には、もう、ならない」とつぶやくように答えた。ナタリアがその言葉の本当の意味を知るのは、だいぶ後のことになる。

今はただ、こんな人間程度に銀狼の力は必要なかったと解釈した彼女に、士郎は問いかける。

「一家はどうした？」

「全員無事です。予定通り、クロと一緒に森で待ってます」

「そうか、よかった。少し遠いが、西に獣人たちの隠れ里があることを思い出した。そこなら彼らを迎え入れてくれるはずだ」

「本当ですか？　よかった……！」

「ああ、本当にな……」

人助けを誇ることはなく、険しい眉間をただ安堵《あんど》に緩ませた士郎を見て、ナタリアは胸の奥に小さな温《ぬく》もりが灯《とも》るのを感じた。

この人は確かに頑固《がんこ》で、偏屈で、無神経な獣人の代表格のような性格なのかもしれないけれど、獣人を助けたいという気持ちは誰より一途《いちず》で、本物だ。

自分がこの広い世界で何をすべきなのかはまだ見つからない。

でも今は、彼を手伝おう。苦しんでいる獣人たちを助けよう。

ごく自然に、それが正しく、そうしたいと、ナタリアは思った。

第二話
町に獣がやってくる

BNA ZERO
CHAPTER2

ここで激しい戦闘が行われたことは疑いようもなかった。

スプーンで綺麗《きれい》に抉《えぐ》り取ったような爆発痕《あと》がそこかしこで街道を寸断し、道の両脇《わき》に広がる畑では、枯れた農作物に戦火の焦《こ》げ目が烙印《らくいん》のように刻《きざ》まれているのがはっきりと見て取れた。路肩《ろかた》に放置された車は、必要なパーツのほとんどを消失した抜け殻《がら》のようで、近くを通ればまだ焦げ臭さが鼻先にまとわりつくようだ。

ナタリアは地面に飛び散る何かの鉄片から目線を上げ、だいぶ前から見えていたその街を視界の真ん中に置いた。

遠目からもぼろぼろだとわかるその小都市は、黒煙こそ上げていないが、家を失い、財産を失い、大切な人を失って打ちひしがれた人々で溢《あふ》れ返っていることを容易に想像させる。

そこでは今、どんな暮らしが営《いとな》まれているのだろう。そして、そこに獣人《じゅうじん》はいるのだろうか。


「さあー！　見てった見てった！　外国製のタバコあるよタバコ！　今買わないと、もう手に入らないよ！」

「そこな道行く旦那《だんな》！　ベリーはどうだい？　煙で燻《いぶ》された目にはベリーが効《き》くんだよ。あたしが言うんだから間違いないよ！」

「何、金もなければ仕事もないだって⁉　ハハッ、みんなそうさぁ！　このドーナツとコーヒーはサービスだから、食って少しでも元気をつけていきな！」

やたら元気な住人たちの様子に、ナタリアだけでなく、士郎《しろう》も呆気《あっけ》に取られていた。

ここが市場であるということを差し引いても、人々の顔には活気がみなぎっている。

市街に目線を飛ばせば、確かに街中瓦礫《がれき》だらけで、残った家屋も煤《すす》で汚れていたり、窓ガラスが割れていたりと、無傷なものを探すだけで小一時間はかかりそうな惨憺《さんたん》たる様子だ。

メインストリートには黒焦げになった自動車や、戦車と思《おぼ》しきものまで無造作《むぞうさ》に転がっていて、戦争の傷跡にはかさぶたさえ張られきっていない。

しかしよく見ると、瓦礫の山では、小遣《こづか》いでも握らされたのか、小さい子供たちが嬉々《きき》として使えそうなレンガを掘り起こして集めている。復興《ふっこう》物資と思しき木箱を載《の》せたトラックもヒビだらけの道路を軽快に走り回っていた。道行く人々の顔に不安の影は薄く、アパートメントの窓に干された洗濯物でさえ、翻《ひるがえ》り方に力強さが感じられるほどだ。……それを見ているさなか、突風で吹っ飛んでいってしまったが。

「何だか異様に明るいですね……」

「クア……」

ナタリアの頭の上に乗りっぱなしのクロの返事も、すっかり面食《めんく》らった様子だ。

「これだけ滅茶苦茶にされて、開き直ったんじゃないのか？」

士郎のぞんざいな感想に「まさか」と応じたナタリアは、レモンの入った木箱を抱えて駆けていく少年を目で追いながら、ため息をつくようにつぶやいた。

「何かを失っていたら、あんな顔はできませんよ」

そこへ。

「おっ、そこの旦那。旦那だよ、旦那ァ」

その声に振り向いてみれば、小箱を脇に抱えた怪《あや》しげな男が、馴《な》れ馴《な》れしい笑みを浮かべて立っていた。

「俺か？」

士郎が億劫《おっくう》そうに訊《き》くと、男は、

「そう。さっきから何度も呼びかけてるのに全然振り向いてくれねえんだから」

と言いながら、さらに距離を縮《ちぢ》めてきた。

「ねえ旦那。タバコはいらねえかい。貴重な嗜好品《しこうひん》だぜ？　あ、いらなそうな顔。じゃあ酒は？　大きな声じゃ言えないが、バイエルン産だぜ。へへ……敵さんが逃げていく時に置いてったのさ……」

木箱から次々出てくる一貫性のない商品から推理せずとも、ナタリアは男が闇《やみ》商人だと気づいた。

正規の商売人ではなく、横流しされた軍事物資や、下手をすれば盗品などを仕入れた一市民が、物資不足の今を狙《ねら》って無許可でこっそり商売をしているのだ。

「時計は?」と言って、左腕にびっしり巻かれたいくつもの腕時計を見せたかと思うと、「コートもあるぜ」と言って、着ている外套《がいとう》の襟《えり》をめくり内側のウールを示す様子は、商品と財産をすべて持ち歩く典型《てんけい》的な闇商人のスタイルだった。

「そっちのお嬢ちゃんには、こんなのはどうだい。口紅《ロゼ》だ」

「口紅……?」

だんまりの士郎より、少しは商品に目を向けていたナタリアにターゲットを移し、男は慣れない手つきでケースのキャップをはずして中身を見せてきた。

「わあ……」

薄桃色の可愛《かわい》らしい色彩が、ナタリアの心をぐっと惹《ひ》きつけた。

故郷では化粧《けしょう》をする獣人すら珍《めずら》しかったが、村長の家にある本で、人間たちが日常的に様々な化粧品を使っていることは知っていた。

人間の文化に憧《あこが》れる一人の女の子である以上、ナタリアも当然、そうしたものに興味はあった。

野山の果実から絞《しぼ》り出したような原色ではなく、もっと繊細《せんさい》で淡い色。どうすればこんな綺麗な色を作り出せるのか。村長の家で見た古ぼけた雑誌に載っていた、洗練された女性の写真が思い出される。一度でいいから、自分もそうした道具を使ってみたくなる。

「まだちょっとしか使ってねえはずだぜ、多分。へへ、どうだいお嬢ちゃん」

わずかに伸ばしかけたナタリアの手を、士郎の声が上から降ってきて止めた。

「やめろ」

ぎくりとして彼の顔を振り仰《あお》いでみたが、制止の声はこちらにではなく闇商人に向けてのものだったようだ。

「俺たちに金があるように見えるか？　さっさと向こうに行け」

「へえっ、そうだったのかい。こんなご時世にカラスを頭に乗っけてるようなお人は、死人か、あるいはよっぽど特別な何かがあると思ったんだが、見込み違いか」

男は急につっけんどんな顔つきになって言った。客でないなら振りまく愛想《あいそ》も品切れ中だと言わんばかりの態度だが、さほど悪意を感じないのは、もともと気のいい人物だからなのだろう。

こちらが獣人だと気づかれる前にすぐに離れるべきだ、とわかってはいたのだが、ナタリアにはどうしても訊いておきたいことがあって、口を開いた。

「あの、おじさん。どうしてここの人たちはこんなに元気なんですか？　街はこんなにボロボロなのに」

「ああ、そのことかい」

男はさっきまで売り物だったタバコを口にくわえ、とても売り物にはならなさそうな傷だらけのライターで火をつけた。イニシャルが刻んであるが、その上についた傷に隠れて読めない。

「確かにこの街は敵に占領されたし、爆弾もドカドカ落とされて、戦車も走り回ったよ。だが、そのつど近くの森に逃げ込んでね——ここからも見えるだろ。あのでかい森さ。おかげで死人がほとんど出なかったのさ。悲しむヤツも少ないから、みんな元気ってわけだ」

「森に？　それだけで助かったんですか？」

「ま、まあ、相当奥まで逃げたからな」

男の声に、若干《じゃっかん》、回答を避ける響きが混じる。ナタリアは興味本位でそれを追った。

「あそこの森、ここから見ても険しい地形をしてますし、寒くもあったでしょう。奥まで逃げれば、それだけで被害が出たのでは？」

男は小さく唸《うな》ったあと顔をしかめ、タバコの煙を深く吐いた。

「金はねえが、やっぱり普通じゃなかったみてえだな。ああ、その通りだよ。大勢でわっと森の奥に逃げ込めば、怪我人《けがにん》も迷子も続出だっただろう。……その時、助けてくれたんだよ」

「誰が？」

「獣人たちが」

「「！」」

ナタリアと士郎は驚いて顔を見合わせた。

「森の奥に獣人たちの村がある——ってのは、まあ街の人間の一部、特に年寄り連中ならみんな知ってることとさ。だから、猟師《りょうし》でさえ必要以上に踏み込まないようにしてた。禁忌《タブー》ってやつさ。だが、空爆はな……。森の入り口に隠れたぐらいじゃ、安心できなかった。奥に逃げるしかなかったんだ。森に詳《くわ》しくない人間がそんなことすりゃあ、当然迷子になる。そいつらが寒さに震えながらもう死ぬしかないって諦《あきら》めた時、いきなり人に出くわしたんだよ。獣人たちに」

見てきたように言う男の声は、多少引きつってはいたが、感謝も滲《にじ》ませていた。ひょっとすると、迷子になったのは彼なのかもしれなかった。

「驚いたぜ。獣人っつうから、二本足で立つ獣《けもの》みたいな姿をしてるのかと思ってたが、実際のところ、普段は人間と大差なかった。変身できるんだよヤツらは。伝説の狼男みたいにさ。それから、避難した時はそいつらに助けてもらうようになって、このへんの人間は戦争をほぼ無傷で生き延《の》びた……」

「ひょっとして、この街の住人は今も獣人と交流を？」

ナタリアが期待を込めてたずねると、男はタバコの煙で燻されるよりも苦い顔をして、こうつぶやいた。

「冗談じゃねえぜ。誰があんな連中と」

呆気にとられたナタリアに発言の真意を問いただす間《ま》も与えず、闇商人は手早く商品をまとめると、そそくさと去っていった。

「恩知らずが」

士郎は忌々《いまいま》しそうに鼻を鳴らしたが、ナタリアは何か事情がありそうだと思った。人込みに紛《まぎ》れていく闇商人の背中は、ここで話をしていた時よりも一回り小さく見えた。
と。

「おまえら、獣人か？」

突然の剣呑《けんのん》な発言に驚き、ナタリアは弾《はじ》かれるように声の方へ向き直った。

不揃《ふぞろ》いな短い髪の大男が一人、立っていた。

あごの形は丸みを帯びているが、目元は鋭く、唇《くちびる》に厚みがあって、どこか圧迫感を与える顔立ちだ。着ているブラウンのジャケットは新しく、士郎の色褪《いろあ》せた外套より二桁《けた》は高価そうだった。

「やっぱりそうか。二人とも獣人だ」

野性味——というより粗野《そや》をそのまま体現したようないかつい顔が笑う。

（どうして気づかれた？）

ナタリアの胸に不穏《ふおん》な鼓動《こどう》が響く。さっきの闇商人の言葉がすべてではないが、獣人の立ち位置は常《つね》に危うい。バレたら何をされるかわからない。

「あんたも獣人か」

士郎がたずねると「そうよ」と力強い答えがあった。

「あ……」

ナタリアは啞然《あぜん》とすると同時に、自分がいかに慌《あわ》てていたかを理解した。

獣人には特有の臭《にお》いがある。人間にはどうやっても嗅《か》ぎ分けられないが、獣人同士であれば、たとえ獣化していなくともその臭いがわかるのだ。

だからこそ向こうは気づいたのだし、ナタリアも真っ先にそれを探るべきだったのだ。

「俺の名はガルテ。このあたりじゃ見ない顔だが、旅でもしてるのか？」

「まあ、そんなところだ」

落ち着いてやりとりする士郎を見て、ナタリアは彼がそばにいてくれて本当によかったと思った。

このガルテという人物は、ナタリアの故郷の獣人に雰囲気《ふんいき》がよく似ていた。荒っぽく、ガサツで、何かにつけて腕力で物事を解決しようとする苦手な連中。人間の土地でいきなり、獣人か？　なんて問いを発してくるだけでも無神経の極《きわ》みだ。

しかし、獣人がこんなところを大っぴらに歩いているのは気になった。

獣人とこの街はもう交流してない、というのが、さっきの闇商人の言葉の意味だと思ったのだが……。

きゅう。と、よりによってこのタイミングでナタリアの腹が鳴った。

ナタリアは顔を赤らめお腹《なか》を押さえたが、爆発するようなガルテの笑い声が、その行為の空《むな》しさを教えてくれた。

「腹が減ってるなら、俺がうまいもん食わせてやるよ。ついてきな」

そう言って市場の賑《にぎ》やかな道を歩き出した彼に、ナタリアは士郎と目を見合わせ、後に続いた。

ガルテは、こちらに向かってくる人の流れをまったく気にせず、それを押し返すようにずんずんと進んでいく。

迷惑そうに眉《まゆ》をひそめる者や、苦情を言おうと口を開きかけた者たちが、相手の顔を見るなり口元を歪《ゆが》めて脇に逃げていくのを見たナタリアは、この時点で少しイヤな予感がしていた。

ほどなくして、それは現実となる。

彼は果物屋の前で止まると、木箱から色のいい桃をひょいと取り上げ、その場でかぶりついた。

「うめえ！」

嚙《か》み跡から広がった甘い匂《にお》いが鼻先まで届いたが、ナタリアにはそれに酔っている余裕などなかった。

「ちょ、ちょっと、代金は⁉」

「あ?」

横目で不思議そうにこちらを見下ろしながら、ガルテは二口目で桃を完全に食べきってしまった。手についた果汁をなめながら、

「代金って何だ？　それより、おまえらも食え。今日のは特にうめえぞ」

ナタリアは愕然《がくぜん》とし、思わず果物屋の店主の顔を見やった。

年老いた人間の店主は一見、笑顔を浮かべているようでもあるが、頬《ほお》や目元は、まるで見えない糸に引っ張られているように不自然だ。

「いらねえのか？　こんなにうまいのに」

そう言って二つ目に手を伸ばすガルテを、ナタリアは慌てて制止する。

「ちょっと待ってください。ここはお金を払って買い物をする場所ですよ⁉」

「だから、何なんだよそれは」

「お金っていうのは、ほら、あそこで渡しているみたいな……。この桃にも値段がついてるでしょう？　ほら、木箱に数字が……」

「あー、めんどくせえ。いいじゃねえかよ、こんなにたくさんあるんだし」

面倒《めんどう》そうに顔をしかめるガルテの短絡《たんらく》的な頭が何を考えているか、ナタリアは故郷での経験から手に取るようにわかった。

——ちょっとわけてもらっただけ。

その程度の認識なのだ。

他人のものを勝手に自分のものにしてはいけないという、人間からすればごく当たり前の思想すら持っていない。

「そんなんじゃ、店の人に怒られますよ」

「やっつければいいじゃん」

「世紀末か！」

しかし恐るべきことに、こんな毎日が世紀末な論法が獣人の中ではまかり通る。

獣人なら、自分の財産は、自分の力か知恵で死守する。だからこの店主がそれをしない以上、やってオッケーというとんでもない結論に勝手に達するのだ。

いいも悪いも、それが獣人たちの常識なのだ。

ガルテを市場の裏に押し出すと、ナタリアは一人、店主のもとに駆け戻った。

「ごめんなさい。さっきの桃、これで足りますか」

ナタリアは、たった一枚持っていた硬貨を差し出した。以前、クロが拾ってきたものだ。店主は驚いた顔を見せ、

「いいのかい？　カラスのお嬢ちゃん」

「あの人、多分、これまで何度も持っていってると思うんですけど……」

硬貨一枚では到底《とうてい》足りないと思ったが、店主は柔らかく微笑《ほほえ》んでそれを受け取ってくれた。

「ありがとう。足りない分は、その気持ちからいただいておくよ」

それから心配そうに眉根を寄せ、

「でも大丈夫かい。あの人をあんな風に扱って。あの人、獣人だよ」

「……ええ。知ってます」

自分もそうだとは素直に告白できず、ナタリアは苦しげに返した。

「あの人は、森から？」

「うん。戦争の時は、何度も助けてもらったんだけどね……」

店主が語るところによると、戦争が終わると獣人たちが街に下りてくるようになったらしい。住人たちも当初は命の恩人として彼らを歓迎していたが、獣人たちの野蛮《やばん》な振る舞いがはっきりするにつれて、その関係も徐々《じょじょ》に歪んでいったという。

無銭飲食はまだしも、衣服や復興物資を勝手に持っていく、住民に暴力を振るい、ものを壊す。そんな無法が重なれば、いかに恩義があるとはいえ、人間たちの我慢《がまん》にも限度がある。今この街では、獣人に憤《いきどお》る者と怯《おび》える者とにはっきり二分され、もはや感謝の気持ちを抱いている者はほとんどいないという。

「なんてバカ……」

ナタリアは片手で顔を覆《おお》った。

店主の語ったことに誇張はないだろう。なぜなら、それが獣人たちの日常だからだ。

あの気取ったジャケットも、どこかの店から勝手にいただいてきたものに違いない。

最悪なのは、ガルテ――だけでなく、恐らくは街に下りてきた他の獣人たちもすべて、自分たちが悪事を働いているという自覚がないことだ。

力で奪う。

力で拒《こば》む。

そのどうしようもないほどシンプルな獣人のルールが、人間の住処《すみか》でも通用すると信じ込んでいる。

自分たちの村でならいい。特に獣人は似たような獣性で集まることが多いので、ガルテのような大柄で屈強《くっきょう》な獣人たちは、より腕力を頼みとする社会を形成しやすい。

だが、人間たちはそうではないのだ。

ナタリアはしかめっ面《つら》のまま、ガルテのところに戻った。

彼は木箱に座って士郎と雑談しており、どうしてナタリアにギャーギャー言われたのか、当惑している素振りすら見せていた。

ナタリアは再度彼に向かって言う。

「いいですか、ガルテさん。人間の社会は、腕力だけで全部解決するわけじゃないんです」

「えっ、そうなの？　だって力が強かったら……偉いじゃん？」

「すっごいふわふわ！　人間は、力が強くとも弱くとも同じ立場なんです。相手のものを勝手に持っていってはいけないし、強いからって力を振りかざしていいわけじゃないんですよ」

「何で？　強い力を持ってるってことは、それを使っていいってことだろ？」

「違います！　みんなルールを決めて、それを第一に守って生活してるんです！　今みたいな自分勝手なことをしていたら、あなたも、そして村も、いつか逆襲《ぎゃくしゅう》されますよ！　そうなったらどうするんですか⁉」

「倒す！」

「やめろ！」

思わず獣人流の大声が出たナタリアに、ガルテはわざわざ耳を塞《ふさ》ぐ大袈裟《おおげさ》な仕草《しぐさ》まで添えて苦笑した。

「うるせえ小娘だなあ。ヒクイドリの子か何かか？」

「獣性はハダカデバネズミです」

「何だハゲネズミか」

「ハゲじゃない！　ハダカ！」

なおも怒鳴り返すと、ガルテは虫でも追い払うように顔の前で手を振り、

「何だっていいさ。俺たちはずっとこういう風にやってきたんだ。これからもそうしていく。誰にも邪魔はさせねえよ」

そううそぶくと、自分のこれまでの行いを一切顧《かえり》みない気楽な足取りで去っていった。

「ぐぬぬ……」

「獣人なんてみんなあんなもんだろ」

歯噛《はが》みするナタリアに、士郎は淡泊《たんぱく》に言う。

「力が強いヤツが縄張《なわば》りを守れる。声がでかいヤツが遠くまで自分を誇示できる。祖先が崇《あが》めた獣の習慣が、今も心の中で生きてるんだ。気にするな」

「でも……」

「人間の街に近づかないようにとは、さっきも伝えておいた。別々に暮らしていれば何も問題は起こらない。まあ、ヤツがそれに従うかはわからないがな」

そんな単純な話だろうか。

ナタリアは、この千年生きる銀狼《ぎんろう》が、ちゃんと世界の流れを掴《つか》めているのか不安になった。

彼が過ごした長い年月を軽んじることは決してできないが、それでも今、これまでの経験則など役に立たないような、かつてない時代が来ているように感じられるのだ。

この戦争を経《へ》て、世界はシチュー鍋《なべ》のように掻《か》き回された。

色々な国の人間が色々な場所で戦い、人種も、感情も、ごちゃ混ぜになった。獣人たちもそれに巻き込まれた。今さら、それを元の形に戻せるのか。

もう人間と距離を置くのも難しくなる。そんな気がする。

(それなのに……)

獣人と人間は、こんなにも考え方が違う。

もし人間がこちらを明確に敵と見なしたら、数で劣る獣人はどうなってしまうのか。

今のように場当たり的な獣人助けをしていても、追いつかなくなるに決まっている──。

「やっぱり、もう一度あの人と話をしてきます。ちゃんと街のルールを守るようにって」

「獣人には獣人のルールがある。人間なんぞに合わせる必要はない」

追いかけようとした足に、士郎の言葉が絡《から》みつく。

「おまえ、ひょっとして人間に肩入れしてるのか?」

「だって人間の方が――」

反論しかけた胸の内に、真水の冷たさが広がった。

険しさを増した士郎の眉間《みけん》に恐怖を感じたからではない。獣人収容所の科学者たちの白衣の色が、脳裏《のうり》にちらついたからだ。

人間は獣人よりも栄えている種族だ。数も多く、高度な技術を持ち、社会も成熟している。彼らとの接触がもう回避できないのなら、獣人が人間たちに合わせなければいけないはずだ。

だが、人間は残虐《ざんぎゃく》で残酷だ。大勢の獣人を捕まえ殺した。獣人ならあんな非道なことはしない。獣人は乱暴だが、無用な殺しはしないのだ。だから、人間など、見習う必要はない……。

(何で……)

ナタリアは弱々しくかぶりを振った。

怒りが、憎《にく》しみが、正常な思考を邪魔していた。

もっとちゃんと考えられるはずなのに、まっとうな向き合い方を探せるはずなのに、痛みと怒りの記憶がそれを遮《さえぎ》る。

いつの間にか棒立ちになっていたナタリアは、自身の体の重さに暗い息をこぼし、もしかしたら、これが士郎――銀狼の気持ちなのかもしれないと考えた。

千年分の積み重なった記憶と感情が、人間と人間の生み出したものすべてを拒否している。

そしてナタリアも、そうなりかけている。

人込みに紛れていったガルテの背中はもはやなく、彼が押し広げた人の流れがゆっくりと元に戻っていく光景だけが、ぼんやりとしたナタリアの鈍《にぶ》い視界に映っていた。

飲み下した砂糖たっぷりのコーヒーの熱が、冷たい体の端々《はしばし》にまで広がっていく感触があった。

祖先が崇拝《すうはい》したハダカデバネズミは、哺乳類《ほにゅうるい》でありながら体温調整の能力を持たず、それゆえに小さなエネルギーで活動できる。ハダカデバネズミ獣人もその特性を持っており、人間形態時においても、冷え性というつまらない代償《だいしょう》と引き換えに、体力の消費を抑えることができた。

（おいしい……）

すでに四分の三食べ終えているドーナツは、故郷で食べたどんなお菓子よりも甘かった。すでに必要分のカロリーを摂取《せっしゅ》できている自覚はあったが、もう一つくらい食べてしまいそうだ。

（やっぱり、人間の食べ物はいいいな……）

この街にたどり着いて二日目。

家を失《な》くした住人に提供されていた宿泊施設で一晩過ごしたナタリアは、士郎と共に再び市場近くの大通りに出てきていた。

そこそこ大きな都市だけあって、食事の無料提供を行っている店は一つや二つではない。ふと周囲を見回せば、こちらと同じようにドーナツとコーヒーで飢《う》えをしのいでいる人々の姿がそこらじゅうに見られる。彼らは何をするでもなく、どこからか調達したタバコを吹かして、食後の一時《ひととき》を過ごしていた。

「よう、カラスのお嬢ちゃん」

ぼんやりと通りを眺《なが》めていた目を声のした方に動かせば、そこには見知った男の姿があった。

「あの時のおじさん」

「また会ったな。そっちの旦那も」

すぐ隣、店の壁を背に立つ仏頂面《ぶっちょうづら》の士郎にも挨拶《あいさつ》をしつつ、闇商人はナタリアの隣によっこいしょと座り込んだ。手にしたドーナツをかじり、コーヒーをすする。

「あっちち……。染《し》みるねえ」

「おじさん、お金持ってくるくせに、それもらってきたんですか？」

「しっ。いいじゃねえか、タダで配《くば》ってるんだしよ。これくらい、みんなやってるよ」

以前出会った、ヤギ獣人たちの爪《つめ》の垢《あか》でも煎《せん》じて飲ませてやりたかったが、彼らは無事、遠くの獣人の隠れ里に受け入れてもらってここにはいない。

あの一家は上手《うま》くやっているだろうか。人間の町育ちの優しい彼らでは、デリカシーのカケラもない獣人たち相手に戸惑《とまど》うこともあるだろうが、それでも元の町に戻るよりはマシだろう。

「クァ」

不意に、クロが鳴いた。

何となく大通りの向こうに目をやれば、歩道も車道も関係なしに横に広がった大勢の人間が歩いてくるのが見えた。

「おいおい、ありゃあ……」

闇商人の男が強張《こわば》った声を上げるのを聞きながら、ナタリアは、行列の先頭付近を歩かされている人々を見て言葉を失った。

髪を丸刈《まるが》りにされた女性たちだった。

続く男性数名は、元は小綺麗な格好《かっこう》だったのだろうが、シャツのあちこちが破け、途方に暮れた顔は青あざだらけで血も滲んでいる。

彼らを追い立てるようにして進む後列は、暗い目をした人々だった。彼らは木や鉄の棒で武装し、足がもつれて歩みが遅れた前列の人に対して、威圧《いあつ》するように近くの地面を武器で叩《たた》いて音を響かせている。

これまで、戦争のあった様々な場所で見てきた光景だった。

「ナタリアが……」

近くの見知らぬ男が発した地の底から響くような声に、ナタリアはぶるりと体を震わせた。

小さな声で、闇商人の男にたずねる。

「ここでも、〈追放運動〉が行われているんですか？」

彼は言ってから、どこか冷めた目で、いつの間にか道を占拠《せんきょ》した群衆を見つめた。

「追放……？　何だそりゃ。よそではあれを、そんな大層な名前で呼んでるのかい？」

「ありゃあ、街の反対側に住んでる連中さ。戦争中、敵さんの本部はあっちにあって、いろんな建物やインフラが押さえられた。解放の時の戦いはひどいもんだったよ。森から遠かったせいで避難もできなくて、戦闘に巻き込まれて大勢死んだ。治安は今もだいぶ悪い」

先頭を歩かされている女性たちの腕には、小さな赤ん坊が抱かれていた。お腹《なか》の大きな女性もいた。ナタリアはそれが何を意味するか、すでに知っている。彼女たちは、敵国の男たちとの間に子供を授かったのだ。

女性たちは、背後で嘆《なげ》き悲しむ男性たちとは対照的に、鋭い目つきで、道路脇の観衆を睨《にら》み返していた。我が子を守る獣の眼差《まなざ》しに似ていた。

「裏切り者！」

「くたばりやがれ！」

通りの端々から肌《はだ》を刺すような罵声《ばせい》が飛んだ。

血の気の引いたこちらの顔から感情を読み取ったのだろう。地を這《は》うような闇商人の声が告げた。

「いくら被害が小さかったっつっても、この街にも何かしら失ったヤツはいる。自分たちがつらい思いをしている時に、敵側と面白《おもしろ》おかしくやってた連中のことが、どうしても許せねえんだよ」

甘いドーナツには目もくれず、苦いコーヒーだけをのどに流し込んで、彼はこう結んだ。

「ヤツらも生きるために必死だった。女たちは、純粋に敵の男を愛したのかもしれない。子供に罪はないだろう。……そんなお利口《りこう》さんな言葉じゃカタはつかねえ。これはもっと原始的な、ただの感情の話なんだ。これを抑えられるのなら、ご立派《りっぱ》に人間様卒業よ……」

行列を見つめる道路脇の人々の表情も複雑だった。

歓声を上げ、罵声を飛ばす者もいれば、苦々しい顔で成り行きを見守るだけの者もいる。共通しているのは、誰も「やめろ」とは言わないこと。言えばどうなるか、みなわかっている。ナタリアも何も言わなかったし、もちろん士郎も無言だった。ただ、唾棄《だき》するような気配があったのは、彼なりにこの光景に不快さを感じているからなのか。

ナタリアたちのすぐ前を、行列が通過する。

下を向く闇商人に合わせるように、ナタリアも、自身の寄り合わせたつま先に視線を落とした。

その時だった。

泥水《どろみず》のようにゆっくり流れる憎悪《ぞうお》の行列の前に、ひょいと人影が割り込む。

「ちょっ……ええっ⁉」

それを見たナタリアは、思わず飲みかけのコーヒーカップを取り落としかけた。

気取ったジャケット。あの獣人ガルテだった。

「よう。何の騒ぎだよ、こりゃあ？」

常日頃《つねひごろ》から無遠慮に発せられているであろう獣人の胴間声《どうまごえ》が、その場の人々の視線を釘付《くぎづ》けにする。

怒りに震える群衆の一人が、彼に答えた。

「こいつらは敵と通じていた裏切り者だ。これから広場に行って、みんなで裁いてやるんだよ」

ガルテが不思議そうに目をぱちくりさせるのを、ナタリアははっきりと見た。

そして彼なりに考えたのだろう。ポンと手を打ち、とても明晰《めいせき》な声で言った。

「ああ、こいつらが強いときは怖くて手が出せなかったけど、弱くなったからみんなでとっちめようってことか。そいつはいいや、ハハハ！」

火に何をぶっかければここまで燃えるのだろう、というほどの、感情の爆発が起こった。

「何だとこの野郎！　俺たちが卑怯者《ひきょうもの》だってのか！」

説明した男が激昂《げきこう》してガルテに摑みかかる。

「やるのか、てめえ！」

それはほとんど反射的な行動だったのだろう。

吠《ほ》えたガルテの虎刈《とらが》りが一気に顔全体に広がり、開いたシャツの胸元からせり上がってきた体毛と一体化して、彼の肌色をすっかり塗り替えた。

摑みかかった相手が突然一回り膨《ふく》らんだことに目を丸くした男は、ガルテに突き飛ばされてゆうに二メートルは水平にすっ飛び、仲間たちを巻き込んで地面に倒れ込む。

幸いにも下敷きになった仲間のおかげで軽傷で済んだ彼は、痛む肩を押さえながらガルテに向かって大声で叫んだ。

「バ、バケモノ！」

「何だと。トラのどこがバケモノだ！」

男に負けない怒声《どせい》を放ったガルテのせいで、場は騒然《そうぜん》となる。

「獣人だ！」

「トラの獣人だぞ！」

騒動に乗じて囚《とら》われていた女性たちが逃げ出し、遅れて続こうとした男性たちは、気づいた群衆に角材で叩き伏せられた。

しかし依然《いぜん》として、群衆の硬化した眼差しの大部分は、獣化したガルテ一人に注がれている。

もう行進どころではない。

何とかしなくてはと咄嗟《とっさ》に視線を巡《めぐ》らせたナタリアは、背後の店の脇に積まれた木箱に小麦粉の大袋を見つけ、声を上げた。

「オーガミさん！」

ナタリアの目の向きから一瞬で意図を察した士郎が小麦粉の袋を通りへと投げ込むのと、最初に突き飛ばされた男がズボンのポケットからピストルを抜くのはほぼ同時だった。

摑んだ瞬間に指先で袋を破っていたのだろう。ガルテと群衆の間に落ちた小麦粉は、ピストルの発砲音が炸裂《さくれつ》する一瞬前に白い煙幕《えんまく》を一帯に張っていた。

士郎が素早くその中に突入し、粉っぽいホワイトタイガーになったガルテを引っ張り出す。

建物脇で裏路地への逃げ道を確保していたナタリアは、大きく手を振って彼らを呼び込むと、すぐさまその場から退散した。

「いってぇえ！　何だあいつ、いきなり鉄砲撃ってきたぞ！」

肩を押さえながらガルテがわめく。

幸い、弾丸は皮膚《ひふ》をかすめただけだったようだ。毛並みに少量の血とコゲ跡がついていたが、バカみたいに元気な声を上げて走っていることからも大したケガではないとわかる。

「俺、何か変なこと言ったか⁉　見たままを言っただけじゃねえか！」

逃げながら怒鳴る彼に、ナタリアは苦笑した。

「そうですね。間違ったことは言ってないと思います。ただ、激烈に空気が読めてなかっただけで」

なぜだろう。その場違いな発言によって、あの場に気持ちのいい風穴《かざあな》が開いた気がしたのは。

「そもそも、俺ァ褒《ほ》めてやったんだぜ⁉　相手が弱ってる時を狙うのは狩りの基本じゃねえか！　あーそれわかるー、って言ってやったのに何で怒るんだよ⁉」

「…………。ガルテさん、言い方で損《そん》をしてるって誰かに言われたことないです？」

裏路地を走り切り、そのまま街の外まで飛び出す。健康な獣人三人の猛ダッシュだ。追いついてこられる人間はいない。

半《なか》ば追い出すようにガルテを森に見送ってから、ナタリアと士郎はそっと大通りへと戻った。

何か、とてつもなくイヤなことになっている予感があったのだ。

それは的中。元の場所に戻る前から、大勢の怒号《どごう》が耳元に押し寄せてきた。

「侵略者を許すな！　獣人を許すな！　今度こそ俺たちの手でこの街を守るんだ！」

「ヤツらの隠れ家は森にある！　みんな武器を取れ！」

「獣人を森から追い出せ！　いっそ、ヤツらの村を奪っちまえ！　さんざん好き勝手やってきた罰《ばつ》だ！」

メインストリートは、煮え立つ鍋のような怒気《どき》でかすんで見えるほどだった。

さっきまで裏切り者を糾弾《きゅうだん》していた人々は、怒りの矛先《ほこさき》を自分たちとは異なる存在――獣人へと方向転換し、彼らの粗暴《そぼう》な振る舞いに業を煮やしていた住人たちを呑《の》み込んで、すでに爆発済みだった。

輪をかけて状況を悪化させているのは、街のそこかしこに潜《ひそ》んでいた闇商人と思しき男たち。恐らくは戦争の遺留品だろう。物々しい銃器や刃物を、護身用だの自由への武器だのと正当化し、ここぞとばかりに怒れる人々に売りさばいている。

彼らは確実に冷静であり、獣人たちがこれほどの凶器を差し向けられるほどの悪ではないとわかっているはずなのに。

その儲《もう》け至上主義の人々の中に、さっきまで会話していた闇商人の男が混じっているのを見つけ、ナタリアは肩を怒らせて彼に駆け寄っていた。

「おじさん、何をしてるんですか⁉」

非難の声を浴びせると、浮かれた狡猾《こうかつ》な顔がこちらを向いて叫んだ。

「おう、カラスの嬢ちゃんか！　今書き入れ時だからよ、危ねえから離れててくんな！」

「そうじゃなくて！　自分が何してるのかわかってるんですか？」

言い放ったこちらの言葉に、不意にトーンを落とした「仕方ねえじゃねえかよ」という返事と暗い眼差しに、ナタリアははっとなった。

「俺ァ、何度も注意した。何度も教えてやった。金だって払ってやったよ。あいつらの代わりに。何度も！　だけど、全然聞かなかった！　面倒くせえだの、人間なんかがどうのと言って！」

「……！」

「もうダメさ！　後は力でわからせるしかねえ。所詮《しょせん》動物なんだよ、あいつらは！　躾《しつ》けるには、痛い目を見るしかねえのさ！」

小狡《こずる》い顔に染み込んだかすかな寂《さび》しさが、ナタリアから返す言葉を奪う。

「行くぞ」

肩を摑んで引き寄せられる体に、抵抗する力は残っていなかった。

今回のことは獣人が悪い。人間を理解しようとせず、ここまで関係をこじれさせてしまった。

だが、人間の反応も強烈すぎる。まさか村を丸ごと狙うとは。

これまでのように一人二人を助けるだけではどうにもならない。かつてない大規模な救助が必要だった。


森の奥の獣人村を見つけるのには、さほど苦労しなかった。

獣化した士郎の鼻は、逃げ戻ったガルテのわずかな血の臭いを、まるで糸を手繰《たぐ》るように正確に追尾してみせたのだ。

「人間たちが武器を持ってやってくるぞ。すぐに逃げる準備をしろ！」

突然現れたオオカミ獣人の言葉を、村の住人たちは驚くほど素直に受け止めた。

直前に戻ったガルテから話を聞いていたのだろう。

そして、大混乱が始まった。

「荷物、荷物をまとめろ！」

「何だこのタンス、戸口から出ねえ！　どうやって家の中に運び込んだんだっけ⁉」

「食い物、食い物はどうやって……ああ、頬袋《ほおぶくろ》に詰めておこう。シマリス獣人で良かった！」

あちこちで荷造《にづく》りが行われる中、怒りとも嘆きともつかない声が飛び交《か》う。

「何で人間が襲《おそ》ってくるんだ？」

「知らねえ。何か怒ってるらしいよ？」

「誰か悪いことしたか？　俺は、気に入った服をもらってきただけだけど」

「俺も、ちょっと気に入らない相手を殴ったことしかないぜ」

「「不思議だ……」」

獣人たちの荷造りを片っ端から手伝いながら、ナタリアはそんなやり取りに頭を抱えるしかなかった。

やはり誰も、今回の事態の発端《ほったん》を理解していない。

確かに街の人間たちの怒りは、偶発の上に八つ当たりの面もある。しかし、この村の獣人たちの行いも、人間たちに大きな負担を強《し》いていた。ガルテの発言はただのきっかけ。人間の我慢は、藁《わら》一本乗せただけで崩《くず》れ落ちるラクダのように、限界寸前だったのだ。

（もっと早くここを訪れていれば、それを食い止められた？）

自問したナタリアは、考える間もなく首を横に振る。

無理だ。獣人たちに立ち振る舞いを改めるよう説得したところで、あの闇商人の奮闘《ふんとう》と同じように、まったく聞き入れなかっただろう。それが獣人という連中だ。どうしようもなくなって、初めて「あれ？　おかしいな」と首を傾《かし》げるのが、彼らなのだ。

圧倒的場当たり主義。考えなしの種族だ。

唯一《ゆいいつ》の救いは、不利を悟れば即座に逃げ出せる潔《いさぎよ》さがあることか。

ナタリアはあたりを見回す。

村を守るために徹底抗戦を主張する獣人は一人もいなかった。それはきっと、逃げ延びた先でも生き残れる強靭《きょうじん》な体があるからこそ生まれた、ワイルドな生存戦略なのだろう。街を守れと、今もメインストリートで叫んでいる人間たちとは、そんなところにも差異がある。

しかし。

「わーっ、荷物が多すぎてまとめられない！　誰か助けてくれ！」

「うるせえ、知ったことか！　こっちだって人手が足りないんだ！」

「おいてめえ！　まず俺の方を手伝え！　自分のはその後でもいいよなあ⁉」

見事なまでに、協調性ゼロ。

大柄で力の強い獣人たちは、変身後の体格を考慮して家も広く作ってあり、荷造りに手間取《てまど》っている。一方、小柄な獣人は荷物をまとめるのも素早いが、乱暴な獣人たちに邪魔されてうまく逃げ出せない。

「オーガミさん、どうするんです、これ……」

その光景を見ながらナタリアは士郎に助けを求めた。が、彼はさも何事でもないように、

「準備ができた獣人からさっさと逃げ出すしか方法はない。いざとなれば、俺が人間どもを食い止める」

「だからそれだと、余計に彼らを刺激しますって――」

力なく言いかけた時、

「おーい、おーい！」

ふと、ナタリアと士郎に、かかる声があった。

一際《ひときわ》大きな家の前でこちらを呼んでいるのは、あのガルテだ。

「何ですか？」

ただ事でない様子にナタリアたちが駆けつけると、彼は初めて見せる弱気な顔で言った。

「今回のことでびっくりした嫁さんが産気づいちまった！　何とかしてくれ！」

「はああ⁉　あなた身重《みおも》の奥さんがいたのに、街をぶらついてたんですか⁉」

「だって、待ってても全然産まれねえから、ヒマだなって……」

「このドラ猫！　そこどいて！」

さっと脇に避《よ》けたガルテの前を横切り、ナタリアは家に飛び込んだ。

奥の寝室で、青い顔でうんうん唸《うな》っている女性の姿があった。

ナタリアも獣人の女だ。故郷ではお産に立ち会ったこともある。一目で、これは一刻《いっこく》の猶予《ゆうよ》もないとわかった。

外に飛び出すと、ナタリアは声を張り上げる。

「そこのドラ猫、お産婆《さんば》さん呼んできてください、いるでしょう!?」

「いや、いるだろうけど、逃げる準備してるだろうし……」

「うるさい、今さら殊勝《しゅしょう》なこと言うな、行け！」

「フギャッ！」

すぐさま士郎にも声を飛ばす。

「オーガミさん。みんなに一旦《いったん》作業を中断させて！　全員てんでバラバラでろくに作業できてないです！　まだ時間的に猶予はあるはず。わたしが仕切ります！」

「了解した」

ガルテが彼に匹敵《ひってき》するほど立派な体格のお産婆さんを連れてきたすぐ後で、ナタリアは集められた獣人たちの前に立った。

作業を止められたことへの不満は誰の顔にもあったが、声の大きな生き物には何となく従ってしまうのも獣人の習性の一つだ。ナタリアは精一杯《せいいっぱい》声を張り上げた。

「バラバラに逃げてもダメです。この村ごと、全員で引っ越します！」

獣人たちの目が丸くなり、すぐに隣の村人と顔を見合わせる。

一カ所に集まって暮らしているといっても、彼らにとって守るべき最大単位は、せいぜい自分の家族までだ。村全体で力を合わせるなど発想の外。しかし、ナタリアには考えがあった。

「全員が協力すれば、みんな、家以外何も失わずに済みます！　別の場所で、また同じ村を作り直すこともできるでしょう！」

助け合い精神が薄いとはいえ、群れで行動する利点は彼らも心得ている。その単純な思考を利用し、ナタリアは結束を促《うなが》す。

「でもよう、そんなことしてたら人間が来ちまうぜ」

一人の獣人から弱気な声が上がった。途端《とたん》にざわつく彼らを一喝《いっかつ》する。

「大丈夫です。人間たちは、明日の朝までは攻め込んで来ません」

「夜には来ないのか？」

質問にうなずき、答える。

「ええ。彼らは、わたしたちを獣も同然と思ってます。人間は夜目が利《き》かないから、夜に山狩りをすれば自分たちが不利になると知っているはず」

「だが、一夜なんてすぐだ。明日の朝までじゃとても間に合わないぞ」

別の獣人からの不安そうな声。ナタリアは生真面目《きまじめ》な口元にかすかに笑みを浮かべて言った。

「問題ありません。わたしが、今夜のうちに、この村を消しますので」

櫓《やぐら》の上から見えていた森の火は、空が白《しら》むにしたがってだんだんと見えなくなり、最後には白い煙となって雲と区別がつかなくなった。

獣人たちは火を焚《た》いて夜中警戒《けいかい》していたようだ。迂闊《うかつ》に攻め込まなくて正解だった。

相手は古くから森に巣食《すく》う獣人たち。夜の山狩りはリスクしかなく、夜明けまで進攻を待つ中で一番の懸念《けねん》は、その間に民衆の熱意が冷めることだったが、かねてから獣人への敵意を漲《みなぎ》らせていた彼らには無用な心配だった。これならいける——。

「——そんな顔してるな、おまえ」

櫓を降り、武装した民衆を前に男が口の端を吊《つ》り上げるのを遠くから視認した士郎は、聞こえるはずもない呼びかけを口にし、外套のフードを目深《まぶか》にかぶった。そのまま音もなく群衆へと紛れ込む。

「準備はいいか。行くぞ!」

「「おおっ!」」

リーダー格、というよりは、群衆を扇動《せんどう》してすっかり正義の指揮官気取りになったさっきの男が大声を張り上げると、人間たちは靴を踏み鳴らすように足を上げ、威勢《いせい》よく森へと入っていった。

先頭を行くのは山に詳《くわ》しい猟師。彼に続くのは、どう見ても軍用のいかめしい銃を抱えた男たちだ。肩に担《かつ》ぐ姿がそこそこ様《さま》になっているのを見るに、戦いを終えて戦場から戻ってきた退役軍人らしい。扇動者の男もそこにいたが、人々を焚きつけたわりには戦争には参加しなかったのだろう、銃を持つ手が若干心もとない。

最後尾でもっとも数が多いのは、街の若者たちだった。こちらは小さなナイフかピストルくらいしか持たせてもらえず、森に入るまでは怒らせていた肩が、木々の薄闇《うすやみ》が濃くなるにしたがって、徐々に下がり気味になっている。何もせずとも半分くらいは勝手に脱落していきそうだった。

そんな青年たちの中に潜みつつ、士郎は先頭を行く猟師の動きを注視していた。

当初、迷いなく奥へ奥へと進んでいた猟師の足は、あるラインから立ち止まる回数が増えた。木々の間を漂う空気が違う。人間が滅多《めった》に踏み込まない、原始の森が自前のルールを敷いている空間だ。話によれば、戦火を逃れて森に入った際、村まで道案内してくれたのは獣人たちだという。きっと、このあたりで出会ったのに違いない。

「何を探してるんだ?」

後ろの男が猟師に問いかけるのが見えた。

「目印《めじるし》だ。こっちで合ってる」

士郎は、森の空を暗くしている高い木の枝に細い紐《ひも》が結びつけられてるのを確認した。獣人が用意するものではないから、猟師が勝手につけたものだろう。

理知的な眼差しの獣人少女の言葉が、知らず胸の内に蘇《よみがえ》った。

――人間は、森をすべて知っているわけではありません。覚えやすいポイントを押さえて、それを線で繋《つな》げているだけです。

（おまえの言う通りだな。ナタリア）

士郎は彼らに歩調を合わせながら、フードの奥でほくそ笑んだ。

ということは、すでにこの団体は彼女の術中ということだ。

だいぶ歩いた。途中何度か休憩《きゆうけい》を挟《はさ》んだものの、想像以上に険しい道のりのため、人間たちの顔には疲労の色が濃くなってきている。若者グループはまだ三分の二くらいは残っていたが、これは根性があるというより、もう一人では帰れないという切実な理由からだった。

「おい、本当にこっちで合ってるのか？」

額《ひたい》に汗《あせ》を滲ませたリーダーの男が猟師に訊く。

「ああ。あちこちに大人や子供の足跡があるし、背の低い木の枝なんかも折れている。最近、大勢がここを通過した証拠だ。昨日の夜に見えていた火の位置にも近づいている。油断するな」

戦いが近いことを示唆《しさ》され、リーダーは小銃を抱き込む腕に力を込めた。

さらに歩く。森の緑が濃い闇に近づくにつれ、空気の中の水気も増してきた。

猟師は突然、後続にストップをかけた。

「見ろ。この足跡」

柔らかくなった土の上に、大きな獣の足跡がついている。

「クマに似てるが……二足歩行している」

「獣人……！」

足跡は森の奥へと続いていた。

一行がごくりと生唾《なまつば》を呑み込んで、その先に目を遣《や》れば、森の奥に光が差しているのがすぐにわかった。開けた場所があるということだ。

「そのわりには静かだな……。まわりに潜んでいるかもしれん。物音に注意しろよ」

男たちは一層慎重になり、銃をいつでも撃てるように構えながら進んでいった。

光溢れる広場まで、あと十メートル。……五メートル。……三メートル。

到着。

「な、何だこれは……!?」

男たちは一様《いちよう》に立ち尽くすことになった。

そこには、簡素《かんそ》な焚火《たきび》の跡がいくつか残る狭い空間があるだけで、家もなければ獣人の人影もなかった。

「消えちまった。村も、ヤツらも……」

猟師が呆然《ぼうぜん》とつぶやく。

ばきり、と小枝を踏み分ける音が響き、ぎょっとして銃を振り向けてみるも、茂みに逃げ去る狐《きつね》の太い尻尾《しっぽ》が一瞬見えただけだった。

「化かされたのか、これは……」

ぽかんとする男たちの顔には、もう何かに対して怒り出す余力すら残されていない様子だ。険しく深い森。歩いているだけでも取り殺されそうな薄闇。緊張、そして拍子抜《ひょうしぬ》けするような解放。

自分たちは果たして何をしているのだろうと、ただ生きていることへの感謝を抱いた眼差しを、周囲から降り注ぐ鳥たちのさえずりに向けていた。

（大成功だな）

その様子を少し離れた場所から見届けた士郎は、猟師が頼りにしていた目印の最後の一つを枝から千切《ちぎ》り取ると、森の薄暗がりへ沈むように後退した。

目印なしで彼らがどこまで帰れるかはわからないが、遭難《そうなん》しようと知ったことではないし、少なくとも時間稼《かせ》ぎにはなるだろう。もっとも、ここまで来るのに半日以上かかっている。獣人たちはとっくに荷造りを終え、出発しただろう。

ナタリアがゼロから削《けず》り出した猶予としては、もう十分すぎた。

背後から、森をとんでもない速度で駆けてくる何者かがいることを教えてくれたのは、すぐ隣にいたウサギ獣人だった。

人間ではありえない、という彼女の言葉から、その正体をすぐに察したナタリアは、木々の隙間《すきま》にちらりと見えた灰色《はいいろ》の獣毛《じゅうもう》に向かって大きく手を振っていた。

「オーガミさん！」

やはり、万一に備えて人間たちに潜り込んでいた士郎だった。

「全員聞け。作戦は成功だ。人間たちは何もない場所で眼を白黒させてる」

「「「おおおーっ！」」」

列を作って歩いていた獣人たちから歓声が上がった。

「もうどうやってもここまでは追いつけんさ。少し休め」

荷車や背中の荷物から手を離した獣人たちは、あっという間に今回の最大功労者、ナタリアを取り囲んだ。

「ありがとう。おまえさんのおかげだよ！」

「まさか本当に村ごと引っ越しができるとは思わなかった。すごいな！」

口々に褒めたたえられ、ナタリアは赤くなった。

ナタリアは体の小さい、弱い獣人だ。故郷でも大柄な獣人たち――それは村の住人のほとんどだった――から小馬鹿にされ、褒められたことなど一度もなかった。

初めて、だった。こんなふうに、認めてもらえるのは。

「わたし一人の力では、ないですよ……」

もっとこの喝采《かっさい》を浴びていたいという欲求の中から出てきた声は、自分でも驚くほど謙虚《けんきょ》で、そして正しかった。

「ミスリードに協力してくれた人たち、その間に大きな荷物を運び出してくれた人たち、みんなで力を合わせた結果です」

「そうだ。おまえらもすげえことができるんだな。驚いたぞ！」

赤ちゃんを胸に抱いた嫁を、背中に括《くく》りつけた椅子《いす》に乗せたままのガルテが、小柄な獣人たちの頭を順繰《じゅんぐ》りにがしがし撫《な》でていく。

ウサギ、ネズミといった、逃げるのが得意な獣人。それとは反対に、キツネやイタチといった、痕跡《こんせき》を追うのが得意な獣人たちだった。

村には大型肉食獣系の獣人が多く、小動物型の獣人はほとんどオマケみたいに隅《すみ》っこで暮らしていた。当然、扱いも悪く、いつも貧乏《びんぼう》くじを引いていた。

しかし今回、山歩きに慣れた猟師の目すら欺《あざむ》けたのは、逃げる側と追う側、両方の立場からものを見られる彼らのアドバイスがあってこそだ。

大柄で大雑把《おおざっぱ》な獣人たちには決して真似《まね》できない繊細で微妙な細工が、最初は少しずつ、しかしじわじわと誤差を広げさせながら、熟練の猟師さえも間違った場所へと誘い込んでいったのだ。

「いやあ。言っても、やっぱあんたたちのおかげで、家具を諦めずに済んだんだし……」

「また一から何もかも作るのは大変だし、すごく助かるよ……」

戦うことにかけては随一《ずいいち》の大柄な獣人たちは、今回は荷物運びに徹していた。流血を一切伴《ともな》わないナタリアの作戦では、彼らの怪力は平和的に使われたのだ。

「そりゃあよかった。ハハハ！」

存在感を高めたウサギ獣人たちに褒め返され、ガルテたちも呵々《かか》と笑った。

ナタリアは思わず感嘆《かんたん》のため息を吐く。今回のことは、彼女にとっても驚くべきことだった。

獣人たちが力を合わせ、一つのことを成し遂《と》げる。

これは、実はなかなかないことだった。

仕切ったのは確かに自分だが、白状すると、こんなにも上手くいくとは思っていなかった。

自分勝手で、ワガママで、協調性のない獣人たちが、ここまで協力できるなんて。

まるで、賢《かしこ》い人間たちみたいに。

(獣人は、どうしようもない存在じゃないんだ)

ただ、根本的に考え方が未開なだけ。

慣れていないだけなんだ、と。

「オーガミ」

ふと、ガルテの背中の椅子から、優しげな声がかけられた。

ガルテの妻、フーコだ。夫の例のジャケットを毛布代わりに体にかけている。

「今回のこと、本当にありがとう。あなたたちがいてくれなかったら、この子も無事に産めなかったかもしれない。本当に感謝しているわ」

産後でだいぶ疲れた様子ではあったが、ドラ猫にはもったいないほどの美人が謝辞《しゃじ》を述べた。

「俺は何もしちゃいない」と士郎は首を横に振って、ナタリアの肩を後ろからトンと叩く。

「全部、こいつのおかげだ」

「ちょ、ちょっとオーガミさん……」

「ありがとう、ナタリア」

優しいフーコの眼差しに、ナタリアは照《て》れ臭くなって「い、いえ……」と目を伏せた。

「ナタリア。この子、女の子なの。ナタリーって、名付けてもいい?」

「え、わたしの名前……?」

「ええそうよ。あなたみたいに聡明で、強い子になってほしいから」

「も、もちろん、いいですよ……」

気恥《きは》ずかしさがどうしようもない域《いき》に達して、ナタリアは両手で自分の横髪をわしゃわしゃと掻き混ぜる。驚いたクロが、羽をばたつかせながら頭の上を右往左往《うおうさおう》した。

「本当に大した相棒《あいぼう》だぜ、オオカミよう。こいつは、伝説の銀狼サマだって、やるじゃねえかって認めてくれるに違いねえぜ」

ガルテが豪快に笑う。

彼が士郎の正体を知っているはずもない。ただ、伝説にあやかって言っただけの戯言《ざれごと》。しかし、ナタリアは思わず士郎に目を向けていた。

彼の眉間が少し緩み、口元に笑みが浮かぶ。

「ああ。おまえがここにいてくれて良かったって、言うに違いないさ。ありがとな……ナタリア」

「……‼」

人間を見る時とはまったく違う優しい笑みに、ナタリアの胸は自分でもわけがわからないほど跳《は》ね上がった。

彼は、銀狼だ。千年獣人を支え続けた、伝説の救世主なのだ。

そんな偉大な彼からお礼を言われた。いや、その肩書きがなくとも、この堅物《かたぶつ》が素直に認めてくれたことが嬉《うれ》しくて、ナタリアは返す言葉を完全に見失った。

もっと彼に認めてもらいたい。もっと彼に褒められたい。

自分なら、彼にはできない獣人助けができる。彼の足りないところを、補《おぎな》うことができる。

彼の、パートナーになれる。

これが、自分が探していたことなのかもしれない。

思いを繋げてたどりついた言葉に、さらに胸を高鳴らせながら、ナタリアはただ、獣人たちの談笑の中、一人静かに佇《たたず》む灰色のオオカミを見つめ続けた。

第三話 ストレイギャング

BNA ZERO
CHAPTER3

ニャアニャア鳴く海鳥たちが現れて、船の甲板《かんぱん》はにわかに騒々《そうぞう》しくなった。

頭上を行き交《か》う白い影に対抗意識を燃やしたのか、クロが翼を広げて盛んに鳴いていたが、たった一羽では、甲板に集まった人々の歓声とさえ勝負になっていなかった。

「街が見えたぞ！」

「アメリカだ！　ニューヨークだ！」

陽光を浴びてギラギラと輝く超高層の建物群が、すぐさま貨物倉庫に戻らなければならないナタリアの足をその場に縫《ぬ》い留める。

その風景に、これまで見てきたものが古い街並みであったことを痛感した。

天に向かってそびえる銀色の四角い建物は、距離感が狂っていなければ、それ一つで獣人《じゅうじん》村の住民全員を楽々収容できるほどの巨大さだ。それがいくつも重なるようにして、陸の上にぼこぼこ乱立しているようだった。こんなの、見たことも聞いたこともない。

言葉を発するにもため息がついてくる。

「これが……アメリカ……」

住処《すみか》を追われた獣人たちを匿《かくま》いつつ、逃げ込むように飛び乗ったのがたまたま移民船だった。それからわずか一週間足らず。歩き旅ならば風景の変化も目で追えたのだろうが、海を越えた先で待っていたのは、進化の過程をすっ飛ばしたような別世界だった。

人間はもう、獣人の理解できないところまで進んでいる。

興奮《こうふん》と畏怖《いふ》を同時に胸の奥で混ぜ合わせたナタリアは、最後にもう一度摩天楼《まてんろう》を目に収めると、速《すみ》やかにその場を離れた。

「よし、全員獣人化しろ。脱出だ」

士郎《しろう》の合図で貨物室の暗闇《くらやみ》を抜け出した獣人たちは、持ち前の俊敏さと鋭い感覚を駆使《くし》して船員たちの目を掻《か》い潜《くぐ》り、堂々とタラップから降りていく乗客たちが上げる歓声の反対側から、次々に海へと飛び込んだ。

「ひゃっ、冷たい」

「しーっ。静かにしなさい。なるべく潜りながら、港の脇《わき》に回り込むんだ」

カピバラ獣人の親子が、言い合いながら泳いでいく。

三家族、総勢十名。それにナタリアと士郎とクロを含めた一行は、誰一人正規の乗船チケットなど持っていない。完全に密航だ。

移民船と気づいてすぐ陸に戻ることも検討したが、短期間で二度も住処を追われたという三家族は、戦争によって精神的にも物質的にも荒れ果てた故郷の土地より新天地を希望した。彼らをそのまま行かせるような士郎ではない。結局、ナタリアたちもアメリカを目指すことになったのだ。

波止場の隅《すみ》っこに最初にたどり着いたナタリアは、コンクリートの足場へと手を伸ばす。

貨物の揚《あ》げ降ろしの作業場でもなく、高く作られた足場へはなかなか手が届かない。単純に小さな体の自分が恨《うら》めしくなる。

獣化していればもう少し運動神経を上げられるのだろうが、彼女は人の姿のままだった。

「このっ……」

精一杯《せいいっぱい》伸ばした手が、いきなり、上から摑《つか》まれた。

「!?」

足場から人の顔がのぞき、言う。

「持ち上げるぞ。踏ん張れ」

長めの黒髪をほつれさせ、よく日焼けした男だった。作業着らしき服を着ている。

「上がったらそこにいろ。動くなよ」

厳命するようにそう言うと、男は他の獣人たちも次々に引き上げていった。

ナタリアは焦《あせ》った。この男はどう見ても港の関係者だ。密航者がいたことをまわりの人に報告するに違いない。

咄嗟《とっさ》に周囲を見回すが、男の他に人の姿はなかった。逃げようと思えば逃げられるかもしれないが、ほぼ飲まず食わずの船旅に加え、トドメの水泳で獣人家族は疲れ切っている。

この場を脱出するには、彼をどうにかするしかない。主に士郎が。

しかし、到着早々問題を起こせば、ただでさえ大人数のこちらは、見知らぬ異国の地で完全に身動きが取れなくなってしまう。にっちもさっちもいかなかった。

「あんたで最後か」

「そうだ」

自力で這《は》い上がった士郎を見届けると、男は座り込むナタリアたちを見回して言った。

「よく来たな、同胞《どうほう》！」

ナタリアは「えっ」と驚いて、歓迎の声を発した男の顔をまじまじと見つめた。

「おまえ、獣人だな」

士郎が最初からわかっていたように確かめると、黒髪の男はニヤリと笑ってうなずく。

「俺はヴィンセント。獣性はクロヒョウだ」

潮臭《しおくさ》さに包まれてわかりにくくはあるものの、ヴィンセントからは確かに獣人の臭いがした。

「人目につくと面倒《めんどう》だ。とりあえず、全員こっちに来い」

ヴィンセントに言われるまま、小さな倉庫へと移動する。

そこには、彼の仲間と思《おぼ》しき獣人たちが集まっていた。

「おっ？　ヴィンセント、そいつらは？」

一人が訊《き》く。

「獣人たちだ。さっきの移民船に乗ってた」

男たちは一瞬顔を見合わせ、ぱっと笑った。

「おいおいおい、マジか。密航かよ！　気合い入ってんなあ！」

「結構多いな。十人くらいか？　その人数でよくやったもんだ」

「ようこそ自由の国アメリカへ！」

彼らがあまりにも愛想《あいそ》よく出迎えてくれたので、ナタリアたちはぽかんとするしかなかった。

このノリは、これまでの獣人とはまったく異なるものだ。

「ファビオ」

「あ、はい！」

一番年若い──恐らく十代前半の少年が、ヴィンセントに呼ばれてぴょんと背筋《せすじ》を伸ばす。

「店からアップルパイもらってこい。人数分な。こいつら、相当腹を空《す》かせてる」

「わっかりましたぁ！」

元気よく答えると、ファビオは倉庫の外へと駆けていった。

アップルパイと聞いて、当惑《とうわく》気味だった獣人たちの顔にわずかに期待の色が浮かぶ。ヴィンセントに見抜かれた通り、こちらはみな腹ペコだった。

ひょっとして彼らは、いい人たちなのでは……という緩《ゆる》んだ空気に鋭く割り込んだのは、士郎の声。

「おまえたちは人間の港で何をしている？　ここで働いているのか？」

男たちの眼差《まなざ》しが一瞬、ナイフのように鋭く尖《とが》ったように見えたのは気のせいだろうか？

ヴィンセントが鷹揚《おうよう》に応じた。

「ああ。この港で働いてる。主な仕事は警備だ」

彼は近くにあった木箱に座ると、港全体を示すように軽く腕を広げて言った。

「戦争で――つっても、まだ完全には終わってないらしいが、ここニューヨークがUボートとかいう敵の潜水艦にボコボコにされたのは知ってるか？」

「いいや」

士郎があっさり首を横に振ると、ヴィンセントは「だよな」と言うように薄く笑うだけで、得意がることもなく、話を続ける。

「この国はヨーロッパと違って戦場にはならなかったから、ちょっとばかし油断してたのさ。対岸の火事ってヤツ。だが、潜水艦は平気で海を越えてくるし、加えて、戦火を逃れて予想以上にこっちに人が流れてくるようになって、国も焦った。中にどんな危ないヤツが混じってるか、わかったもんじゃないからな。そこで、鼻が利《き》く俺たちの出番ってわけだ」

「ちょ、ちょっと待ってください」

ナタリアはたまらず割り込んでいた。

「何だい。カラス乗っけたお嬢ちゃん」

「この国は、獣人を認めてるんですか？」

人間社会において、獣人はある種の禁句《タブー》だ。一つの町、あるいは一つの地域において、限定的に存在は認められているものの、定まった公式な立場を持っていない。

ヒトでありながら、勝手に住み着いた野良猫《のら》や野良犬と似たような扱いなのだ。

しかしこの国は。ヨーロッパよりもずっと新しいアメリカという国は、獣人を公的に認めているのだろうか？

「あ、あー。どうだろうな。ちゃんとした立場かっつうと怪《あや》しいもんだが……」

返されたヴィンセントの答えは、表情同様、曖昧《あいまい》なものにとどまった。それでも、獣人という特性を理解し、仕事を任されているという事実は変わらない。ナタリアの胸の奥に、今まで か細すぎて見えなかった光の筋が、すっと射《さ》し込んだ。

「お待たせしましたァ！」

元気のよい声が倉庫の端から駆けてくる。両手に紙袋を抱えたファビオ少年だった。

「オレたちの店で作ったアップルパイっす。うまいって評判だから、しっかり味わってくださいね！」

濡《ぬ》れ鼠《ねずみ》と化している獣人たち一人一人に、切り分けられたパイを配っていく。

ナタリアも一切れもらった。生地《きじ》はまだ温かく、立ち上る湯気に混じって濃厚なリンゴと砂糖の香りが鼻の奥をくすぐる。食べる前からわかった。これは絶品だ。

「港の警備員が、こんなものも作っているのか？」

士郎が訊く。

「まあ、手広くやっててな」

　答えたヴィンセントの目線が一瞬揺らぐのを、ナタリア同様、彼も見逃さなかったのだろう。アップルパイに手をつけないまま、指先を軽く倉庫の端に振り向け、一人そっちへと歩き出す。内緒《ないしょ》話をしようというのだ。

　ヴィンセントはかすかに苦笑いし、肩をすくめるようにしながら彼に続く。ナタリアもクロと一緒に、しれっと二人を追った。

「すげえ目をしてるな。あんた」

　離れた場所に着くなり、ヴィンセントはいきなりそう切り出した。

「目ざといって話じゃねえ。この港には戦場から逃げてきた脱走兵みたいなのもよく来るんだが、そいつらは地獄を見てきたような乾いた目をしてる。だが……あんたはそれどころじゃない。地獄そのものを中に抱え込んでるみたいだ。一体何をどれだけ見てくれば、そんな目をする生き物になれるんだ？」

「与太《よた》話はいい。何者だ？」

　取り付く島もない士郎の反応に、彼はまた苦笑を浮かべ、

「あんたみたいな男に隠し事をするのは逆効果だからとっとと白状するが、俺たちは俗《ぞく》にいうギャングってやつだ」

「ギャング……？」

ナタリアが聞き返すと、

「世間的《せけん》には、酒の密売、秘密賭博《とばく》の開催、売春、高利貸し、用心棒《ようじんぼう》なんかを生業《なりわい》にする犯罪集団だと思われてるが、実際は犯罪的なこともする悪党の集まりだ」

「じゃあ、さっきのは全部ウソ……？」

「いいや。さっきのは全部本当。ニューヨークの港は元々ギャングが牛耳《ぎゅうじ》ってて、連邦政府もおいそれと手が出せねえ。だが、ここからスパイみたいな怪しい外国人が出入りするのも事実だ。だから地元のファミリーに頼んで、治安維持《ちあんいじ》を請《う》け負ってもらってるってわけさ」

「悪党が治安維持か？」

士郎が呆《あき》れたように言うと、

「いけないか？　悪党だって静かに眠れるベッドは欲しいぜ」

ヴィンセントは気を悪くする素振りすらなく、シニカルに笑って返した。

「わたしたちをどうするつもりですか」

「逆に訊くが、おまえらどっか行くアテはあるのか？」

ナタリアはチラリと、アップルパイを美味《おい》しそうに食べている獣人たちを見た。そのうまそうなパイを自分は一口も食べていないことに気づいたものの、今はこらえて答えを吐き出す。

「……ないと思います」

「俺たちなら、安全な寝床《ねどこ》を提供できる」

ヴィンセントは斬《き》り込むように、短く告げた。

「俺たちはこの港の警備と、街の端っこの管理を任されてる。そこにならあいつらを住まわせられる」

「本当ですか？」

期待の目を向けると、ヴィンセントは「ただし」と手のひらを向けて一旦《いったん》ナタリアの声を跳《は》ね返した。

「こっちも慈善《じぜん》事業じゃねえ。家賃はもらうし、住み着く以上は働いてもらう。力のあるヤツは港で荷揚《にあ》げ、力がねえなら別の仕事だ。幸いこの街は、飯時《めしどき》になるとレストランがバカみてえに忙しくなるから、ひとまずはそこ。でなきゃ、また他の仕事を見繕《みつくろ》う」

彼はあごをさすりながら、吟味《ぎんみ》するように獣人家族を見やった。

「そうだな……。あそこにいる娘はなかなか器量よしだな。ウエイトレスなんか似合いそうだ」

「………それ、本当にウエイトレスなんでしょうね？」

ナタリアがじっとりと見つめると、彼は相好《そうごう》を崩《くず》し、ナタリアの頭の上にいるクロのくちばしを悪戯《いたずら》っぽくつついた。

「何だあ？　このカラスっ子、もしかしてガキのくせにスケベなお店を想像してるのか？」

「そっちが本体じゃない！　話してるのはわたし！」

がなりつけるとヴィンセントはニヤニヤしながら手を引っ込めた。

「あいにく、そんな上等なお店は俺らのとこにはねえよ」

「むう……」

ナタリアはうなった。今のが本当なら悪い話ではないどころか、獣人家族たちにとって願ったりかなったりだろう。何しろ、未知を希望に置き換えて、ほとんど勢いでこの国に来てしまった身だ。

これなら、やっていけるかもしれない。この国でなら――。

そう思ったナタリアの頭上を、冷淡《れいたん》な声が通過した。

「話がうますぎるように聞こえるぞ」

士郎だった。相変わらずの眉間《みけん》のしわ。普段から警戒心《けいかいしん》が強い傾向はあるが、獣人を警護している最中はそれがさらに顕著《けんちょ》になる。

「そううまくはねえさ」

しかし、ヴィンセントの態度も崩れない。最初に言った通り、隠し事なしの言葉を付け足す。

「ヤツらをまとめて住まわせるから家は狭い。獣人だけで暮らしてた時みたいに自由にはいかねえ。給金は人間以下だが、さらにその一部をこっちに納めてもらう。これは確定だ。交渉《こうしょう》は受けつけない」

何か言おうとした士郎を、ぴんと立てた人差し指で牽制《けんせい》し、

「だが、獣人の力を上手《うま》く使えば、こと肉体労働に関しちゃ労力は人間の三分の一もいらねえ。

人目につかないように獣化するコツも教える。楽して、街での最低限の生活もできるってわけだ。獣人《おれ》たちからすりゃあ悪い話じゃないだろう？　もし、もっと待遇のいい雇《やと》い口を見つけられるようなら、その時はそっちに行けばいい。俺たちは止めない」

「やけに面倒見がいいですね？」

疑念というより純粋な興味に駆られ、ナタリアは訊いていた。獣人たちが守ろうとする範囲は、広くてもせいぜい自分の家族まで。士郎のように赤の他人を助ける獣人は極《きわ》めて稀《まれ》だ。

ヴィンセントには獣人たちの生活を守ろうとする気配がある。彼にもうまみがあることはわかるが――つまり悪党を自称するわりには、手ぬるいように思えたのだ。

彼は苦笑するような表情を浮かべ、獣人家族たちと、彼らと話をしているギャングの仲間を見つめる。

「獣人は、森や草原でなら、まあ何とか一人でも生きていけるだろ？　だが、ここじゃ違う。人間の街じゃあ、お互いがお互いを頼らなきゃ生きていけねえ。まあ、助け合うでも、利用し合うでも、言い方は何でもいいんだけどよ。とにかく、力を合わせないと獣人は生き残れねえんだよ。そういうわけさ」

「へえ……！」

ナタリアは素直に感心した。このヴィンセントという獣人は、これまで会ったどんな獣人とも違った。人間社会のルールを理解し、その枠《わく》に自分をうまくはめ込んでいるのだ。

彼が特別なのか、それともこの国の風土がそうさせるのか。これが獣人の未来にとって大きな助けとなるように感じたナタリアは、さらなる質問をヴィンセントに投げかけようとした。

その時。

「ヴィンセント！」

倉庫の出入り口から声がかかり、その場の面々を一斉《いっせい》に振り向かせた。

「ジャクソンか！」

現れたのは、金髪をオールバックにした理知的な顔立ちの男。年齢は若く、ヴィンセントたちと同世代だろう。しかし――。

「おい……！」

いち早く彼の正体に気づいて、士郎がヴィンセントの肩を掴む。ナタリアも愕然《がくぜん》としながら、非難する士郎の声が硬《かた》く響くのを聞いた。

「こいつは人間だぞ」

「そうだ」と、ヴィンセントは何でもないようにうなずき、言った。

「ジャクソンのファミリーと俺たちは、同盟を結んでる」

それを聞いた士郎の眉間に、これ以上ない深いしわが刻《きざ》まれる。

「同盟だと？　人間と手を組んでるのか？」

「ここは人間の街だぞ？　人間と手を組んで何が悪い？」

ヴィンセントは少し揶揄《やゆ》するように首を傾《かし》げた。すぐ頭上で温度の違う目線をぶつけ合う二人に、ナタリアはただうろたえることしかできない。争うべきではない。きっとこの二人は、もっと話し合うべきだとわかってはいても、それを双方——というより士郎に納得させる言葉が見つからなかった。

ややあって、ジャクソンと呼ばれた人間の張りのある声が割り込んだ。

「ヴィンセント、時間がかかりそうか?」

「いいや、問題ない。例の仕事の時間か?」

「そうだ。おまえの力がいる」

「わかった。仲間に指示を出してからすぐ行く」

素早い口調でやりとりすると、ヴィンセントは士郎の険《けわ》しい目線をものともせずに仲間のところに行き、何事かを伝えた。彼のファミリーはうなずくと、獣人家族たちを立ち上がらせ、移動を開始する。

すっかり明るい顔になった獣人家族たちがお礼を言い、何度も頭を下げる様子を見送るナタリアの耳に、士郎がヴィンセントに向ける重苦しい声が届いた。

「おまえたちのことを確かめさせてもらう。交渉は受けつけない」

窓の外を、自分の体の動きとは一切かかわりなく、都市の風景が流れていく。

荷馬車や船とは違い、まったく理解できない理屈で駆動《くどう》するこの乗り物に常々《つねづね》疑問を抱いていたものの、いざその肚《はら》の中に飛び込んでみても、やはり不思議は解消されず、勝手に動く世界をナタリアに見せつけ続けていた。

「わたし、自動車に乗ったのは初めてです」

窓にべったりと張り付いたまま、ナタリアは誰にともなく興奮気味の声を飛ばした。

「そうかい。そりゃよかった。感想は？」とその声を受け取めたヴィンセントに「家の中にいるみたいで、不思議です」と返すと、彼はジャクソンともども肩を揺すって笑った。

「こんな小さな車が家じゃあ、キャデラックやロールスロイスは城だな」

「でも、思ったほど速くはないです」

「なるほど獣人らしい発言だ」

ハンドルとかいう操舵輪《そうだりん》を握ったジャクソンが微笑を浮かべ、天井近くに取りつけられた小さな鏡から、後部座席にいるナタリアの様子をちらとうかがった。

「それでヴィンセント。この二人は？」

「ヨーロッパから獣人たちを守護してきた聖人《セインツ》だ。俺たちが信用できる相手かどうかチェックしたいんだそうだ」

助手席のヴィンセントが横顔を向け、仏頂面《ぶっちょうづら》で腕組みをしたまま微動だにしない士郎と、ナタリアを交互に見やる。

「カラスのお嬢ちゃんには十八歳未満に聞かせても怒られない話を。男の方にはウソ以外なら何を話してもいい」

「いいのか？」

「ああ。騙《だま》そうとしたりごまかそうとすれば、嗅《か》ぎつけられる。ヤツは狼《おおかみ》だ。それも、とびきり鼻の利く、な」

「俺の獣性は話してないぞ」

士郎がようやく口を開いた。

「わかるさ。伊達《だて》に港で警備員はやってない。あんたからは、古い狼の臭《にお》いがする」

四人を乗せた車は、港湾区の目抜き通りを軽快に走っていく。

街は人と物で溢《あふ》れ返り、ナタリアは過ぎていく光景の複雑さに目を回しそうになった。まるで巨大な生き物のはらわたの中を進んでいるかのようだ。

「着いたぞ」

ジャクソンが車を止めた先は、どうやら飲食店のようだった。

入り口前に吊《つ》るされた札の準備中の文字が来店者を拒《こば》んではいたものの、ヴィンセントは構わずに扉を押し開けた。

「おい、オヤジはいるか」

さっきまでの落ち着いた物腰とは打って変わって、押し殺した迫力のある声で彼は言った。

奥からすぐに店主と思しき中年の男性が飛び出てくる。

「こ、これはこれはヴィンセントさんにジャクソンさん……」

「いつものだ。わかるな？」

ヴィンセントが言うと、店主は何かを咎《とが》められたようにうつむき、「はい……」と弱々しく返事をして店の奥へと戻る。再び現れた彼の手には、小さな紙袋が握られていた。

「今月分です」

少し厚みのある紙袋を受け取ると、ヴィンセントはそれをすぐにジャクソンへと渡した。

ジャクソンが怜悧《れいり》な顔つきで中身を確かめ、「足りないな」と、つぶやいた。

「おい、どういうことだ？」

ヴィンセントがうなるように言うと、店主は亀《かめ》のように首を縮《ちぢ》こまらせ、

「今月はウエイトレスが辞めちまって店も上手く回らなくて……。これ以上は用心棒代をお支払いできないんです」

用心棒代。さっきヴィンセントが打ち明けた、ギャングの業務内容の一つだ。つまり、彼らはそれを取り立てに来たということか。しかし、関係性は雇用主《こようぬし》と従業員といった感じではなく、むしろ脅《おど》し取っているという方が近い。

「それはそっちの都合だろうが。最近も酔って暴れた迷惑な客をおっぽり出してやったばかりだよな⁉」

凄《すご》むヴィンセントの怒気《どき》を薄めるように、すぐにジャクソンが穏《おだ》やかな声をかぶせる。

「先月も先々月もそうでしたねグレイソンさん。そんな言い訳でやりすごそうとするなら、我々もあなたが何か勘違《かんちが》いをしているんじゃないかと勘繰《かんぐ》ってしまいますよ。ひょっとして、こっちをナメてるんじゃないかってね……」

「そ、そんなことは……」

「だったら、この足りない分をきちんと穴埋めしてもらいます。何をしたらいいか、わかっていますね？」

「も、もちろんです」

ジャクソンが「それでいいな？」というようにヴィンセントを見た。

「チッ、しょうがねえな」

彼は億劫《おっくう》そうに頭を掻き、にわかに顔から力を抜く。どことなくほっとしたような様子から、ナタリアには二人のやりとりがどこか芝居《しばい》じみたものに見えた。

（なるほど……）

どうやらこの二人、会話の硬軟《こうなん》を分担しているようだ。相手の言い分を一方的に粉砕《ふんさい》するのがヴィンセント、相手が怯《ひる》んだところで要求を通すのがジャクソン、というような。

人間のジャクソンはともかくとして、ヴィンセントは獣人だ。こんな器用なことができることに、ナタリアは驚きを禁じ得なかった。

(それにしても……)

二人は店主に何をさせようというのだろう。

仮に今のやりとりが芝居だとしても、彼らの示威《しい》行為が偽物《にせもの》なわけではない。彼らの口調には、二人が確かに悪党であることを知らしめる剣呑《けんのん》な空気が滲《にじ》んでいた。

隣にいる士郎の眼差しが鋭くなるのが、肌でわかった。果たして、ギャングたちの要求は何なのか。本当に信用に足る人物なのか、見極《みきわ》めなければならない。

「場所はいつもの六番街の角の茶色いアパート、四階だ」

その場所で、何が――?

「メニューはエッグベネディクトにフレンチフライ、それからフライドチキン八人前ですよね！　今作り終わったので、すぐお届けします！」

神経を集中させるナタリアの耳に、店主の叫ぶ声が響いた。

(え?)

「おいちょっと待て。何でもうできてるんだよ！」

「不思議ですね！　ヴィンセントさん！」

「おいコラ、オヤジ！　すでに準備してんじゃねえよ！　金で払え金で！」

………?

(ただの、注文……?)

ヴィンセントの怒声《どせい》に店主が店の奥に逃げてしまってから、ナタリアはようやく何が起きているのかを理解した。そっと横を見れば、士郎も眉《まゆ》を変な形に曲げてぽかんとしている。

店を出て、ぞろぞろと駐車場へと戻ってくる。

「今のが俺たちの仕事の一つ、用心棒代の回収だ。港は特に荒くれが集まるからな。戦争とか関係なしに、毎日いさかいは絶えねえんだ。中にはああやって現物支給で誤魔化《ごまか》そうとするヤツもいるが……ま、まあ、あの店は俺たちもよく使うから、潰《つぶ》れると困る」

車に乗り込みながらヴィンセントが愚痴《ぐち》っぽく言う。

「だが、大人数分を突然頼まれて、ヤツらは困らんのかねえ。材料ってのは、ある程度見込みを立てて仕入れるもんなんだろ?」

不思議そうにつぶやいた彼に、ナタリアは素《そ》っ気《け》なく言った。

「それを見越してあらかじめ多めに仕入れてるんでしょう。まとめて発注することで、仕入れ値《ね》を割引してもらってるんじゃないですか?」

「……!?」

ヴィンセントが驚いた顔で振り向く。

「今気づいたのか?」と、ハンドルを握ったジャクソンがくすくす笑った。

「あの野郎……」

ヴィンセントが口をわななかせると、

「どうせ小銭《こぜに》だ。腹の内でうまくやったと思っているうちは大目に見てやれ。調子に乗るようなら、その時はきっちりと教育してやらねばならんが」

隣席の相棒《あいぼう》がそれを軽く諫《いさ》めて、車は再び発進した。

ナタリアは、何だかこの二人がとても愉快《ゆかい》に思えてきた。悪党を自負していても、何だかお人好《ひとよ》しが隠しきれていない気がした。

ジャクソンの方も、獣人に対して不遜《ふそん》さや傲慢《ごうまん》さは一切見せない。対等――あるいは、元より種族の違いなど何もないかのように接してくる。

まったく新しい、それでいて、どこかまぶしさの感じられる関係性だった。

彼らにならい、あの獣人家族を任せられるかもしれない。ちらりと様子をうかがった士郎は、固く腕を組んでしかめっ面《つら》のままだったが。

再び移動を始めてすぐのことだ。ジャクソンが突然車を止めた。

「ヴィンセント、あれを見ろ」

ナタリアも、彼が視線で指し示す方を見た。

またも飲食店。ガラス張りの店内で、大柄の客が店員に何か怒鳴り散らしているのが見て取れた。

「見ない顔だな。行くか」

「ああ」

車を降りた二人に、ナタリアたちも続く。

「だからよ、俺が頼んだスープに髪の毛が入ってたって言ってんだよ！」

扉を開けるや否《いな》や、胴間声《どうまごえ》が店の外へと駆け抜けて、ナタリアと頭上のクロをよろめかせた。

「そんなはずないでしょう！　見な、これは赤毛だよ。うちは全員黒髪なんだ。あんたの髪だろこれは！」

第二波は女性店員のものだ。さっきよりも強烈に、こちらを押し飛ばすような声量。中をのぞけば、エプロンを巻いた小太りの小さな背中が見えた。

「何だとこのババア！　俺は客だぞ！　百歩譲《ゆず》ってこれが俺の髪だとしても、おまえの態度が気に入らねえ！　店長を呼べ！」

「うるさい、さっさと残りを食って、金払って出ていきなこのバカ！」

「絶対出ていかねえ！　ああ、おまえのせいで気分が悪くなった。慰謝料払え！」

「――お客さん」

口汚い言葉の応酬《おうしゅう》に、ヴィンセントの声が、しなやかなネコ科の動きで割り込んだ。

「静かにしてもらえないかね。みんな、ランチの時間は楽しく穏やかに過ごしたいんだ」

「ああ、ヴィンセント！　ジャクソンもかい！　いいところに！」

ウエイトレスのおばちゃんが、たった今投げつけた怒声を忘れたように、明るい歓声を上げた。

「この客、とんでもない言いがかりをつけてきたんだよ」

「ま、二人のでかい声は入り口まで響いてたから知ってるよ」

ヴィンセントは男と向き合った。

相手は、二メートル近くはあるだろう。港湾労働者のように日焼けはしていないが、めくられたシャツの袖《そで》からは、子供の胴体くらいはありそうな太い腕がのぞいている。

ヴィンセントも十分大人の体格だったが、彼と比べると、二回りは小さく見えた。

「何だてめえは？　関係ねえヤツはすっこんでな」

鉈《なた》を振り下ろすような男の声にも怯《ひる》まず、ヴィンセントは微笑すら浮かべて訊いた。

「見ない顔だな。最近ここに来たばかりか？」

「だったらどうした？　この街でも一暴れしてやるぜ」

「なるほど。そういうことか。俺たちと同類なら――お勉強の時間だな」

言った直後だった。

ヴィンセントが黒い影になって、男の前から掻き消えた。

「!?」

目で追えたのは、同じ獣人であるナタリアと士郎だけだったろう。

ヴィンセントは、通路――客席とカウンターのわずかな隙間《すきま》を風のように縫って男の背後に回り込むと、一瞬で相手の腕を捻《ひね》り上げていた。

ナタリアは見た。ヴィンセントのシャツの襟元《えりもと》に、黒い獣毛《じゆうもう》がじわじわと後退していくのを。

それが意味するところを理解し、息を呑《の》む。

(一瞬で獣化して、そしてすぐ人間に戻った……！)

こんな短時間で変身を一往復させられる獣人を、ナタリアは知らなかった。

「い、いてえ……!?」

腕を捻られた大男は、苦悶《くもん》の表情を浮かべながらその場に膝《ひざ》をついた。

倍はある男の腕を、ヴィンセントは涼《すず》しい顔で押さえている。獣化は解いているので、腕力は人間と大差ないだろう。にもかかわらず男が抵抗できないのは、関節を的確にねじっているからだ。

これにもナタリアは驚く他なかった。

獣人のケンカは本来、もっとシンプルで獰猛《どうもう》だ。殴る、蹴《け》る、踏み潰すという、単純かつ頭の悪い作法で行われる。しかしヴィンセントの制圧法はそれよりもはるかにスマート。

「ここらを仕切ってるのは俺たちだ。顔は覚えた……つっても、その図体《ずうたい》じゃ遠くからでも一《いち》目瞭然《もくりようぜん》だが……次にナメたマネをしやがったら、腕一本じゃ済まねえぞ？」

身を乗り出し、言葉と共に男の首筋に吐きかけられた息には、獲物《えもの》に食らいつく直前の猛獣の生臭《なまぐさ》さがこもっていた。男は真っ青になり、何度もうなずく。

ヴィンセントが腕を解放すると、彼は捨て台詞《ぜりふ》を残す余裕もなく、店の扉をもぎ取る勢いで逃げていった。

「よくやった！　助かったよヴィンセント！」

おばちゃん店員がヴィンセントの手を取って褒《ほ》めたたえる。

「なあに。ここは俺らの縄張《なわば》りだ。よそ者にでかい顔はさせねえよ」

「今度の用心棒代に、ゆで卵つけてやるからね！」

「いや……金くれよ……」

ジャクソンと苦笑を交わすヴィンセントを見て、ナタリアは感嘆《かんたん》の吐息《といき》を漏《も》らすしかなかった。

彼は、獣人としての暴力性と獰猛さを、完全にコントロールしている。

そして、それをどう使えば人間社会にうまく溶け込め、逆にどう使わずにいることが利口《りこう》かを知り抜いている。こんなタイプには、今まで会ったことがない。

「驚きました。力を最小限にしか使わない獣人がいるというのには。まるで本当に、街の治安を守っているみたいでした」

再び車が走り出す中で、ヴィンセントに率直《そっちょく》な感想を伝える。すると彼はむずがゆそうに鼻の下をこすり、

「ま、いちいち暴れてたら住人が逃げちまうからな。そうしたら用心棒代も取れねえ。何もかもビジネスのためだ」

「ビジネス？」

獣人には似つかわしくない言葉最上位に来そうな単語を聞いて、ナタリアは眉をひそめる。

「時代が変わった」とやや大仰《おおぎょう》な台詞を返してきたのは、運転席のジャクソンだ。

「ギャングがお互い殴り合うのは大きな損失だとして、ビジネスを中心とした裏社会の秩序の構築を呼びかけた男がいる。名前はラッキー・サルヴァトール。彼の考えは幅広く浸透して、暴力はギャングの最終手段になりつつある。俺たちもそれに賛同しているんだ」

「まあ、結局最後にモノを言うのは力だけどな」

ヴィンセントが手のひらに拳《こぶし》を打ち込んだ。

「大きな都市ほど潔癖《けっぺき》ではいられねえ。かならず日陰《ひかげ》の部分ができる。そういう部分を統制できるのは、暴力を操《あやつ》れる日陰の住人だけだ。警察や政府が押さえ込もうとしても、裏の住人は散り散りに逃げて、またどこかで集まる。ヤツらに裏の住人を管理なんかできねえ。悪党は悪党が仕切る。それが一番だ」

いつの間にか彼らが互いを確認するような会話になっているのを熱心に聞きながら、ナタリアは何度もうなずくことになった。

ヴィンセントは確かに、悪党と呼ばれる集団の一人なのかもしれない。彼をそのまま見習うということにはやはり抵抗がある。ただ、これだけは言えた。

ヴィンセントは初めて会うタイプの獣人というだけではない。

彼は、これまでナタリアが出会ったどんな獣人よりも、合理的だった。

翌日から不法移民としてやってきた獣人たちは働きだした。

比較的温厚な型の獣人であったことも手伝って、彼らはヴィンセントたちの指示に素直に従い、どんどんできることを増やしていった。

数日もすると、怪しい荷物や人間が紛《まぎ》れ込んでいないか船着き場で眼《め》を光らせるヴィンセントたちの後ろで、帽子とマスクで顔を隠したウシ獣人が大きな荷物を軽々運んでいく光景が珍《めずら》しくもなくなった。仕事の飲み込みも早いようだった。

昼になれば、いつもの倉庫に集まって、みなで食事をとる。

時には、レストランや清掃会社で働く家族たちもそこにやって来て、昼食を共にした。

人間たちの手の込んだ料理は、これまで質素なものしか食べてこなかった獣人たちにとっては未知との遭遇《そうぐう》だった。化学調味料をドバドバ入れ込んだ肉とパンのサンドイッチは、明らかに健康に悪いとわかったが、妙にやみつきになる味だった。

故郷の大地では暗くうつむいていたどの顔も、今ここで生活することに何の不安も不満も抱いていない。

もう、ここにいる必要はないのかもしれないとナタリアは思った。この港町の一角でなら、獣人たちは幸せに暮らしていけるはず——。

それなのに、士郎はなかなかここを動こうとはしなかった。

朝から晩まで獣人たちを見守り、ヴィンセントとジャクソンの仕事にはほぼ必ず同行して、彼らの行動が獣人を害するものではないと確認してもなお、疑いの眼差しを向けるのをやめなかった。

士郎は何かを嗅ぎつけているのだろうか。訊いてみても、答えはいつも「人間は信用できない」の一言だけ。

ナタリアはだんだん、彼の態度がヴィンセントたちの不和の火種《ひだね》にならないかと心配になってきた。いくらジャクソンが冷静な人物でも、疑念を向け続けられれば嫌気もさす。

どうにかして、彼を納得させる方法はないものか……。

そんなことを繰り返し考えすぎて疲れ切った頭を、ラジオから流れてくる聞き慣れない音楽で癒《い》やしていたナタリアは、ふと倉庫の奥から近づいてくる二人分の足音と会話に、顔を振り向けた。

「よう、カラスっ子か」

ヴィンセントが片手をあげ、隣のジャクソンも微笑《ほほえ》んで会釈《えしやく》する。

「カラスはクロ、わたしはナタリアです」

ナタリアが不服を唱《とな》えるように訂正《ていせい》すると、クロヒョウの彼は「悪い悪い」と軽く謝り、誰かを捜すように周囲に視線を巡《めぐ》らせた。

「オーガミは?」

「レストランで働いてる人たちを見に行ってますよ」

「ご苦労なこった。まあ、獣人の様子を見ててくれるヤツがいるってのは、俺としてもありがたいが」

ナタリアは少しほっとした。ヴィンセントは士郎の行動を疎《うと》ましく思ってはいないようだ。

「何を聴いてるんだ?」

ジャクソンが訊いてくる。ラジオの曲のことだ。

「わかりません。ファビオはカントリーだとか言ってました。聴いてるとのんびりした気持ちになれます」

「ナタリアは、人間の文化に興味があるみたいだな。音楽は好きか?」

「……!　ええ……そう、ですね……」

のどに言葉がつかえるのを感じながら、ナタリアはうなずいた。素直に首肯《しゅこう》できず、首を傾げるような不自然な格好《かっこう》になってしまったが。

「何なら今度、本物のジャズが聴ける店に連れて行ってやってもいい。三十年代、ビッグバンド全盛期の生き残りで、俺の子守歌も歌っていたグループだ。ファンを増やしたい」

熱心に言われて困惑《こんわく》する。さすがに気楽についていっていい誘いでもない。

「やめとけ。こんな子供を不良の店に連れて行くのは。オーガミにボコボコにされるぞ」

ヴィンセントは笑いながらそう言ったが、その笑いを引っ込めると、唐突《とうとつ》に周囲をきょろきょろ見回し、トーンを落とした声で訊いてきた。

「なあ、ナタリア。あのオーガミってのは、何者だ?」

「え?」

ナタリアはヴィンセントの顔を見つめ返した。彼はひどく真面目《まじめ》な顔で、

「前に、地獄を抱え込んでるなんて言ったがな、どうもそれどころじゃねえらしい。地獄の火なんてものがあるのなら、あいつの目の中で光ってんのがそれだ。いつまでも消えずに、体の内側を燃やし続けてるみたいな……そんなヤバい気配を、びんびん感じるんだ」

「ふむ……ずいぶん曖昧《あいまい》だな?」

ジャクソンがふざけるでもなく声をかける。

「ああ。俺にも何が何だかわからねえ時があってな。オーガミは若くも見えるし、すげえ年寄りにも見える。奇妙な男だよ実際……」

ヴィンセントは疲れたようにため息をついた。

「ヤツが俺たちを見張ってるように、俺もヤツのことを探ってたんだ。目には自信がある」

「クロヒョウの目は確かだ」

ジャクソンがうなずいて、合いの手を入れる。

「オーガミを見てて気づいた。……あいつ、ひょっとして空《から》っぽなんじゃねえかって」

「空っぽ……？」

ナタリアは驚きのあまり体を震わせていた。ヴィンセントはそれを怒りと受け取ったのか、慌《あわ》ててなだめるように手を小さく持ち上げ、

「中身のない薄っぺらな野郎って話じゃねえんだ。あいつの中にはとんでもねえものが詰まってるって気はする。だけど、それは全然、ヤツ本来のものじゃねえような気がするんだ。で、ナタリア」

「何ですか？」

呼びかけられ、なぜか緊張している自分に気づく。

「オーガミは、どういうヤツなんだ？　何で獣人たちを助けてアメリカにまで来てる？　いや、そんな大げさなもんじゃなくていい。あいつの好きなものは？　嫌いなものは？　ごく小さいことでいいからよ、オーガミの中にちゃんと〝人〟がいることを確認したい。でないと俺は、ヤツが怪物に見えてきそうだ」

まるで頼み込むような声音《こわね》に戸惑《とまど》いつつ、ナタリアは胸の内から答えを探った。真っ先にわかることといえば、これしかない。

「嫌いなものは……多分、人間、です」

申し訳なさそうにジャクソンを見ると、彼は「イヤというほどわかってる」と苦笑交じりにうなずいた。察《さっ》しのいいこのギャングたちが気づかないはずもないか。

「好きなものは……牧羊犬《ぼくようけん》のマネですかね……？」

「な、何だそりゃ……？」

ヴィンセントはぽかんとして固まり、それから急に大口を開けて笑い出した。

「そうか。よくわかんねえが、そんなものが好きなのかあいつは。いや、気を悪くしないでくれ。安心したんだよ。そういう答えが聞きたかったんだ、俺は」

その時、倉庫の出入り口から獣人が一人やって来て、

「ヴィンセントさん、ジャクソンさん、何やってるんですか。みんな待ってるんですよ」

「ああ、いけね。ここには工具を取りに来ただけだった」

「長話をしてしまったな。ではまた、休憩《きゅうけい》時間にな。ナタリア」

「ええ……お仕事頑張ってください……」

彼らを見送った後、ナタリアは一人、いまだに落ち着かない胸に手のひらを強く押し当てて、それを黙らせた。陽気なヴィンセントの笑い声を耳に残しつつも、いつの間にか背中には冷たい汗《あせ》が伝っている。

（……知らない）

何かに対する焦りと不安が、ナタリアの胸中にその言葉を叫ばせた。

（オーガミさんのこと、他に何も知らない……！）

彼は銀狼《ぎんろう》。千年を生きる特別な存在だ。だから何となく、そういうものだと割り切っていた。

だが、しかし、当然それだけではないはずなのだ。ヴィンセントがさっき安堵《あんど》した気持ちはわかる。彼に〝人〟を見たから。これまで士郎を見てきたナタリアも当然同じ気持ちだ。

彼は神ではない。人だ。けれど、本当に獣人なのかもわからない。

千年も生きられる獣人など存在するか？　なぜそんなに長く生きられる？

生まれは？　家族は？　そして、なぜ――。

なぜ、獣人助けの旅をしている？

彼には悠久《ゆうきゅう》の時が確かに存在する。けれども、空っぽ――。その言葉の響きが耳障《みみざわ》りだ。

ヴィンセントの言葉がここまで不気味な反響を残しているのには理由があった。

つい先日のことだった。

あてがわれたアパートの一室で、狭苦しくても楽しそうに過ごす獣人家族を、対面の建物の屋上から見届けたナタリアは、彼にこう切り出した。

「あの人たち、もう大丈夫そうですね」

「ああ……」

さして嬉《うれ》しそうでもない声に目を向けてみれば、士郎はただ、彼らに鈍《にぶ》い眼差しを送るだけだった。

「彼らが人間の街に住むことが気に入りませんか？」

「………」

返事はないが、半分くらいは図星。

後ろを見れば海。それ以外は、どこまでも人間の街が広がっている。住めそうな山や森を見つけることの方が、ここでは非現実的に思える。そんな場所とはいえ、家族バラバラにならずに過ごせるなんて、彼らを守ってきた身として、これ以上何を望むというのか。

何が、獣人の幸せだというのか。

「オーガミさんにとって、幸せって何ですか？」

半《なか》ば冗談半分に訊いてみた。

「幸せか……」

どうせ何も考えていなかったのだろうと気安く盗み見た彼の横顔は、まるで迷子のように寂《さび》しげで、ナタリアに声を失わせた。そして彼は、こう答えたのだ。

「何だったかな。そんなこと、もうずっと前に忘れてしまった」

その声が、今も耳にこびりついて残っている。

救世主。銀狼。千年の伝説の主《あるじ》。

大神士郎とは、何だ？

ナタリアが心に芽生《めば》えた疑念の置き所に悩み始めた、その翌日――。

いつものように倉庫に集合していた昼休み。彼女たちのところにジャクソンが血相《けっそう》を変えて駆け込んできた。

「ヴィンセント、みんな喜べ。あの話、本当になりそうだぞ！」

「ホントかジャクソン！」

「やったぁ！」

ギャングたちは一斉に立ち上がり、最年少のファビオに至《いた》ってはそばにいたナタリアの手を取って勝手に踊り出すほどの興奮ぶりだ。クロが驚いて頭から逃げていく姿さえ、式典の際に放たれる白いハトめいて映る。

「何事だ?」

一人、氷漬《こおりづ》けのマンモス並みに冷めたままの士郎が、怪訝《けげん》そうな顔でヴィンセントに問いかける。

「ああ。俺たちの働きが認められて、この街のギャングの大ボス、サルヴァトール傘下《さんか》のファミリーに加えてもらえるって話だ」

「サルヴァトール?」とナタリアが訊き返すと、今度は踊るファビオが答えた。

「この街を支配する五大ファミリーのまとめ役だよ。それまで血で血を洗う抗争を繰り返してたギャングたちを仲直りさせちまった、すげえ男なんだ」

そう言えば、以前ジャクソンがそんなことを話していた気がする。この街のギャングを統制の取れた暴力集団に作り変えた一人の男。

ジャクソンが咳払《せきばら》いし、皆の視線を自分に集め直す。

「話が来てるのはうちのファミリーだが、今度会う時にヴィンセントたちも推薦《すいせん》するつもりだ。なんたって俺たちは、二つで一つのファミリーだからな」

「頼むぜ、ジャクソン。この街でのし上がることが俺たちの夢なんだからな」

ヴィンセントとジャクソンは軽快に手を打ちつけ合った後、固く手を握り合った。

人間の社会のことがわからない移民獣人たちも、何だかいいことが起こったようだと、顔をほころばせている。

用事があると言ってジャクソンが立ち去った後も、獣人ギャングたちの興奮は続いた。

「この街に流れ着いて数年……。ようやく成果が実ったってわけかよ、ヴィンセント！」

「こりゃあ俺も、ヴィンセント・ファミリーの幹部として部下を持つ日が来るかもしれない。そんで、ここみたいな街を一つ任されて、そこで……！」

中でもファビオは夢の世界に行ったまま帰ってこられず、目の前に大きな蛾《が》が迫ってきていることにも気づいていない有様《ありさま》だ。

しかし一人、その熱気をたった一言で吹き散らした男がいる。

「人間は必ず獣人を裏切るぞ」

士郎だ。

水を差された四人のギャングたちから一斉に睨《にら》まれても、士郎の眼差しは鈍く、そして圧するような重みを伴《ともな》って彼らを見返した。

「信用しすぎない方がいい」

「何だと、何も知らないよそモンが！」

いきり立った一人のギャングを、ヴィンセントが「よせ」と目線だけで諫めた。

彼の辛抱《しんぼう》強い声が、倉庫の凍《こお》った空気の中に響く。

「オーガミ。あんたの言いたいことはわかる。人間と獣人はこれまでずっとわかりあえない関係だった」

「これからもそうだ」

「いいや。俺たちとジャクソンたちの価値観は一緒だ。あんたにわかるか？」

無言の士郎に、ヴィンセントは告げる。

「力だよ」

目の前に示した拳を、ぐっと握る。じわじわと変色していく拳は、クロヒョウの色へと移り変わっていった。

まごうことなきクロヒョウの獣人となったヴィンセントは、強靭《きょうじん》で思慮深そうなエメラルドグリーンの瞳《ひとみ》で、古い狼を見据《みす》える。

「俺たちギャングは力ある者を尊重し、尊敬する。獣人のパワーとスピード、人間の賢《かしこ》さ。どちらもこの街では必要な力だ。そこに、ほんのちょっとの礼節、そして決して裏切らないということを守れば、生まれや育ちなんて関係ねえ。みんな一緒なのさ」

「そう思ってるのはおまえだけじゃないのか」

仲間たちさえ息を呑むヴィンセントの気迫にも動じず、士郎は冷淡に言った。

「信用できる人間なんて、一人もいない」

「あんたの過去にはな。俺たちの現在《いま》には、いる」

汽笛が鳴った。船が港に着いたようだった。

獣人作業員たちが、逃げ出す好機とばかりにあたふたと荷揚げ場に出ていく。ファビオたちも、何度もヴィンセントを振り返りながら駆け出した。

「俺たちは最初からはぐれ者だった。今さら獣人の世界に居場所はねえ。人間の街でのし上がってみせる」

その言葉を最後に、ヴィンセントは人間の姿に戻り、士郎の前から立ち去った。

「クァ……」

クロが途方に暮れたように小さく鳴いたが、士郎は背中を向けたまま、ナタリアに何も語ってはくれなかった。

ナタリアから見ても、ヴィンセントとジャクソンの結束は揺るぎないものに思えた。

距離感や価値観の共有、人間と獣人が本当に上手くやっていくための、一つのモデルになり得るように思えた。

士郎はただ、人間が嫌いだからそう言っているだけなのか。人間を嫌い、獣人を助ける――それ以外のものを持たない、空っぽな男。そんな不吉な想像が、ナタリアの胸を重くした。

不幸な報《しら》せが届いたのは、それから二日後のことだ。


ジャクソンがジェフというギャング仲間を伴い、青ざめた顔で倉庫に現れた瞬間から、これから始まる話が決してよいものではないことを、察しの悪い獣人たちでも予想できた。

当惑し、黙り込むヴィンセントたちを前に、ジャクソンは暗い声を吐き出した。

「おまえたちを……獣人たちを切れと言われた……」

唖然《あぜん》とするナタリアたちを前に、彼は何があったのかを、震える唇《くちびる》で語って聞かせた。


――五大ファミリーの顔役であるラッキー・サルヴァトールは、グレート・メドウ刑務所に収監されていた。

彼は逮捕時、脱獄者を一人も出したことがないという難攻不落のダンテモーラ刑務所に入れられたが、手練手管《てれんてくだ》で自身をより快適な場所へと移送させたという。

薄暗い通路の奥、やけに明るい牢屋《ろうや》に近づいた時、ジャクソンは唖然として言葉を失くした。

なぜこんなところにホテルの一室が埋め込まれているのか、と錯覚《さっかく》するほど、彼の牢屋は豪《ごう》奢《しゃ》だった。

ソファーも、ベッドも、ラジオも、冷蔵庫すらある。すぐ隣のドブネズミと共用の牢屋とは、文字通り住む世界が違っていた。

「ボス、〈豹《ひょう》の口〉の若者をお連れしました」

「ご苦労」

ジャクソンをここまで連れてきた案内人の男に、ソファーに座った彼は背を向けたまま、ルームサービスを頼んだ時のように素っ気ない答えを返した。

高そうなスーツを着て、監獄奥のホテルでくつろぐ伊達男。それが、サルヴァトールだった。

「わざわざ呼びつけてすまなかったな。まあ、一杯やってくれ」

そう言って彼は冷蔵庫の横の棚から酒を取り出し、鉄格子《てつごうし》の隙間を通してジャクソンに振舞った。

彼の顔が近くにあった。昔、ギャング同士のケンカで負ったという顔の古傷、そして垂《た》れ下がった右のまぶた。噂《うわさ》通りの面相だ。

受け取ったグラスを遠慮がちに呷《あお》ると、これまで味わったこともないほど濃厚なスコッチ・ウイスキーの熱がのどから腹の奥までを埋め尽くした。

「〈豹の口〉の噂は聞いてるよ。おまえのような有能な若者がいてくれることを、俺は心から喜んでいる」

「ありがとうございます」

スコッチの煙臭さにむせかけながら、ジャクソンは何とか返した。

〈豹の口〉というのは、ジャクソンが裏で意図的に広めた、あの港のあだ名だ。

怪しい者や不審者《ふしんしゃ》が通ろうとすれば、待ち伏せした豹にガブリとやられる。ヴィンセントと組んで間もない頃は箔《はく》をつけるためのハッタリだったそれが、今では存在感を伴って人々の口に上るようになっていた。

「何の後ろ盾《だて》も持たないおまえたちに、あの区画を半ば押しつける形で任せてしまったことを、ずっと心苦しく思っていた」

「そんな、とんでもない。俺たちは、またとないチャンスをもらえたと思ってます」

今でこそ〈豹の口〉の顔役として知られているが、数年前までジャクソンたちは、あの界隈《かいわい》に住み着いた少し目端《めはし》の利く不良グループでしかなかった。

ニューヨークのギャングの縄張りは五大ファミリーによって五つに分割されているが、当時からあの小さな港はそのどこにも属さない独立地域だった。仲の悪い二つの巨大ファミリーのちょうど間にあって、緩衝《かんしょう》地帯として扱われていたのだ。

その内部ではいくつかのファミリーが——今になって思えば——蝸牛角上《かぎゅうかくじょう》の争いを繰り広げていた。

所詮《しょせん》は小さな火の粉だったが、さすがに鬱陶《うっとう》しくなってきたサルヴァトールが手打ちのエージェントを送ろうとしたその前日。港のファミリーは凄惨《せいさん》な殺し合いの末、両者とも全滅した。

五大ファミリーとしては、勢力の空白地帯が生まれるのは喜ばしいことではない。しかし、どこかが吸収すればその他のファミリーとの軋轢《あつれき》を生むのも自明の理。

そこで、当時名ばかりのギャング団だったジャクソンたちに白羽の矢が立った。

「正直、利害調整のための時間稼《かせ》ぎができれば御《おん》の字と思っていたが、おまえたちは見事にやり遂《と》げた。〈豹の口〉は、今や他のギャングたちも認める優良物件だ」

微笑む裏社会の王にそう言われ、ジャクソンは心が震えるのを感じた。すぐに、自分の目、自分の考えに狂いはなかったという充足感が追いついてくる。

あの街を任された直後、荒くれ者の港湾労働者たちと渡り合うには、ジャクソンたちは圧倒的に腕っぷしが不足していた。いくら知恵を働かせても、振り上げられた拳には引き下がるしかなかったのだ。

そんな時、ヤツらに出会った。密航してきた獣人たち。目を見た瞬間、こいつだと思った。

ヴィンセントたちのおかげで、力で逆らえるヤツはいなくなった。同時に、港のセキュリティも格段に上がった。以前は小さなオンボロ船しかやってこなかったが、今では安全を重視する客船や移民船、重要な貨物を乗せた船も〈豹の口〉を利用するようになった。

そしてそれらを隠れ蓑《みの》にして、ギャングたちの秘密の商品も——。

「前置きが長くなっちまったな。本題に入ろう。すでに聞いてるだろうが、おまえたちのファミリーを俺の下に招きたい。より大きな街を仕切れるようになるし、稼ぎも増える。なあに、おまえたちが損《そん》するような裏はない。何しろ俺は、もうすでに、それをおまえたちにやっちまったんだからな。つまりこれは、純粋に俺からの礼だ」

断る理由などあるはずもなかった。

しかし、体の内側から湧《わ》き出る笑みと共にうなずきかけた頭を寸前でこらえ、ジャクソンは決して忘れてはならない提案を切り出す。

「そ、そのことなんですが、是非《ぜひ》、俺らと一緒に取り立ててもらいたいヤツらがいるんです」

「ほう?」

「ヴィンセントって男とその仲間たちで、こいつらのおかげで、俺たちは――」

「獣人だったな」

急に低下したサルヴァトールの声の温度に、ジャクソンは戸惑いながらも「あ、ハイ……」とうなずいた。

次に投げつけられた言葉は、彼の予想を超えていた。

「ジャクソン。ヤツらを切れ」

――悪い、意味で。

「え⁉」

ジャクソンは目を剝《む》いた。

「獣人たちと手を切れ。それが、俺のところに来る条件だ」

「な……何でです⁉　ヤツらは……！」

「獣人は認められねえ。手を切れ」

「……そんな……そんなこと！　ヴィンセントたちは、使えるヤツですよ……！」

うめくように言葉を吐き出し、ジャクソンはうつむいた。

自分がここまで大きくなれたのは、ヴィンセントたちのおかげだ。力で人間を圧倒できる彼らがいたからこそ、自分は頭脳労働担当として能力を発揮《はっき》できたのだ。それを失っては……。

そんな懸念《けねん》を渦巻《うずま》かせるジャクソンの頭に、サルヴァトールの声が降ってくる。

「これからは俺が人を貸してやる。もうヤツらに頼ることはない。俺は、おまえの頭の良さを買ってるんだ」

「何でです……」

ジャクソンは拳を握って言った。

「あなたは、生まれや人種を問わずに仲間を増やして、今の地位にのし上がったはずだ。有能なヤツを尊重し、ビジネスを優先して、暴力を統制した。バカが聞いたって合理的だってわかる。それなのに、何で今さら⁉」

サルヴァトールは眉をわずかに動かした。近くにあった古傷が引っ張られ、ひどく不機嫌そうな表情を、恐らく本人の意志とは関係なく作りだす。嘆息《たんそく》のような息を吐き、彼は言った。

「ヴィンセントって男な……。港に来た獣人たちを、勝手に街に住まわせてるよな？」

「は……はい。でもヤツらは何の問題も起こしてません。それどころか、安い給料でよく働きます。使えるんですよ、獣人は。力も、体力もある……」

「それだよ」

「え？」

「ヤツらが徒党を組んで逆らってきたら、おまえ対抗できるのか？」

ジャクソンは言葉に詰まった。考えたことがなかったわけではない。ヴィンセントと組んだ当初は警戒もしていた。が、

「ヴィンセントがいりゃあ……どうにでもできます。あいつは、信用できる男です。決して俺を裏切らない」

返ってきたのは深いため息だった。

「もう一度だけ言う。獣人とは手を切れ。それができなきゃ、この話はなしだ」

「サルヴァトールさん！　あいつは俺を裏切らないのに……俺に……俺に裏切れって言うんですか⁉」

「伝えたいことは伝えた。おい、家まで送っていってやれ」

それ以上の会話を許さない動きで、案内人がジャクソンの前に割り込んできた。

彼の肩越しに見えたサルヴァトールは、すでにこちらを見ていなかった。もうどんな声も届かない。彼に渡せるのは、回答となる行動だけだ。有無《うむ》を言わさずその認識を突きつけられた

ジャクソンは、大人しく帰るしかなかった。

「なんだよ、それっ……！」

真っ先に感情を声にして叩《たた》きつけたのは、最年少のファビオだった。

「俺たちが獣人だから、受け入れられないってのかよ！」

この話を誰よりも素直に受け止め、喜んでいた彼の怒りを空気越しに感じ、ナタリアの胸はぐっと締めつけられた。

まただ。またこうなる。獣人と人間。また、同じ結果。

自然と、士郎を目で捜した。彼はきつく腕を組んで、いつものように険しい顔をしたまま何も言わない。

憤《いきどお》る仲間の様子をちらと見てから、ヴィンセントはうなだれるジャクソンに顔を向けた。

「それで、おまえはどう答えるつもりだ？」

「そんな話、蹴っちまえよ！」

と横から獣人の仲間ががなり立てたが、ジャクソンは低い声を懸命に絞《しぼ》り出した。

「もう一度、もう一度どうにか会って、話してみる。わかってくれるはずなんだ。あの人なら……」

「……そっちの仲間たちはどう言ってる？」

ジャクソンはジェフと目を合わせてうなずき、

「ドミニクとピーターにも話はした。理解してくれてるはずだ。おまえたちを切って、自分たちだけいい目を見ようなんて考えるヤツはいない。だが、これは大きなチャンスなんだ。逃せば、もう二度とこんな幸運は訪れない。どうにか……ものにしないと……。しかし……！」

「そのラッキーって人の話、おかしくないですか？」

ナタリアが前置きなしに放り込んだ声に、その場の全員が反応した。

「悪い人なので認めたくはないですが、あなたたちは今まで会った誰よりも合理的に物事を進められる人たちです。裏切りや反乱の危険性なら、他のファミリーだって同じ。遺恨《いこん》がある分、むしろ人間同士の方が危ない。そもそも数の上では、獣人なんて人間よりはるかに少ないんですよ。それが何で、そこまで警戒されないといけないんですか？」

「それが、わからないんだ」

ジャクソンは顔を両手に埋めた。

「サルヴァトール親分は、獣人をよく知らないのでは？　知らないからこそ恐れているのかも」

「ナタリア、あの人が知らないわけがない。牢屋の中にいながら、ニューヨーク中の情報を押さえてるんだ。だが……そうだ。あの人が過去に獣人と何か揉《も》めたなんて話も聞かない。いや、そういう感情的な軋轢をとっぱらって、合理的に物事を進めるのが、そもそもあの人のやり方だったはずなんだ。これはやはり、何かおかしい……」

「矛盾《むじゅん》しているなら、そこに理由があるはずです」

ナタリアはジャクソンとヴィンセントを見据えた。

「それを足掛かりにできれば、こっちの話も聞いてくれるかもしれません」

「……！」

はっと顔を上げたジャクソンの目には、何かに気づいた理知的な光があった。

「そうは言っても、たとえば何だよ？」

すっかり拗《す》ねきったファビオが唇を尖らせて言う。

「一番単純なのは、もっと上の誰かからそう指示されたという可能性ですね……」

ナタリアが言うと、少年は呆れた様子で、

「へっ、相手はボスの中のボスだぜ？　それ以上偉いヤツなんていないよ」

「いや、そうとも言い切れない」

反論したのはジャクソン。

「サルヴァトールは恩赦《おんしゃ》のために連邦政府と取引をしようとしてる。そのために軍の作戦にも手を貸したって話もあるくらいだ。もし政府が獣人を排除するよう命令すれば、従うしかなくなる」

「じゃあ何か？　俺たちで刑務所を襲《おそ》って、ヤツを助け出してやれば問題は解決ってことか？」

ヴィンセントが放った言葉に対して、ジャクソンはすぐに言った。

「そんな単純な話じゃない。彼は合法的に自由になりたいんだ。脱獄したところで、警察に追い回される日々が待っている。それじゃ意味がない」

「小悪党の俺らに政治家との取引なんてできねえぜ」

「そもそもそれができるんなら、ラッキー御大《おんたい》が自分でやってるわな……」

ギャングたちが言い合う中、ナタリアはぽつりとつぶやいた。

「……もっと、大きなものに囚われている可能性はありませんか？」

みなが怪訝そうな目を向け、「国よりももっと大きな、か？」というジャクソンの声が、彼女に説明を促《うなが》した。

「わたしは獣人と人間の軋轢をたくさん見てきました。確かに、両者の間には問題があります。……個々人でなら、人間も獣人もわかりあえるんですよ。あなたたちのように。でも、その規模が大きくなると、まるで誰かに邪魔されているみたいに、一緒にいられなくなる。こんなふうに」

「おいおい、そりゃ宿命だとか、運命ってことか？」

ヴィンセントが半ば呆れたように天井を仰《あお》ぐ。

「いえ、もっと人為的なものじゃないかと……」

「そうですね……。場違いな話でした。忘れてください」

「まるで陰謀論《いんぼう》だな」

と声を発してから、ジャクソンは肩をすくめた。

「人間と獣人の世界を裏で操っている誰か？　残念だが、世界の裏側にいるのは俺たちだ。そんな存在の話は聞いたこともないよ」

「そうですね……。場違いな話でした。忘れてください」

ナタリアが自分の曖昧《あいまい》な発言を取り下げると、その場には重苦しい沈黙だけが残った。

話は完全に行き詰っていた。ジャクソンが言った通り、もう一度会って何とか説得するしか方法はない。そんな行き当たりばったりな結論を誰かが言ってくれないかと、弱気な視線が交わされた始めた、その時だった。

唸《うな》り声のようなエンジン音がいくつも轟《とどろ》き、倉庫の近くで甲高《かんだか》いブレーキの音を響かせて止まった。

「何だ？」

ジャクソンが顔を上げ、訝《いぶか》しげな様子で裏口を見に行く。

停滞していた空気がとにもかくにも動き、その場の全員が少しほっとしたような顔を見合わせた直後、裏口を開けてすぐの所にいるジャクソンの狼狽《うろた》えるような声が響いた。

「ドミニク、ピーター？　何だ、そいつらは――」

彼の言葉の続きは、絶え間ない破裂音によって掻き消えた。

ジャクソンのすらりとした体が、まるで踊りを踊るように痙攣《けいれん》する。愛用の白いシャツがみるみるうちに真っ赤に染まり、切れ端となって飛び散った。

音の終了と共に、彼は糸が切れた操り人形のように両膝から地面に崩れ落ちた。受け身を取ることもなく横倒しになり、その後はもうピクリとも動かない。

「ジャクソン⁉」

慌てて駆け寄ろうとしたジェフは、戸口の陰から姿を現した男にぎょっとして足を止めた。彼の叫び声が響く。

「ド、ドミニク⁉　おまえジャクソンに何を⁉　ま、まさか裏切ったのか！」

ジェフへの返事は、向けられた短機関銃の銃口だった。

「わ、わあああっ！」

こちらに逃げ戻ろうとした彼は、ナタリアが見ている前で足をもつれさせ、つんのめるようにして転んだ。

薄暗い倉庫の片隅に光と銃撃音が充満し、ジェフの背中が着ている服ごと弾《はじ》けた。まるで彼の背中で、魚の群れが飛び跳ねているみたいだった。

誰もが唖然とした数瞬後、横たわる彼の下から、赤い液体がじわりと倉庫の床に広がる。目を恐怖の形に見開いたまま、ジェフは死んでいた。

「隠れろおおッ！」

士郎が叫ぶと同時に、その場にいた獣人全員が、一つの大型コンテナの後ろに駆け込む。

その後を追いかけるようにして、連続する破裂音が倉庫内を埋め尽くした。

一番離れたところにいたファビオが逃げ遅れ、コンテナ直前でつまずいて転んだ。

銃撃が倉庫の床を爆《は》ぜさせながら迫る。

「うわあああっ！」

「こんなところで死ぬな！」

身を乗り出した士郎がファビオを掴んで裏に引き込んだ。

「くたばりやがったか獣野郎《けもの》！」

嵐のような攻撃がやんだと思ったら、今度は甲高い男の声が響いた。

「てめえドミニク！　こいつは一体何のマネだ⁉　ピーターもいやがるのか⁉」

ナタリアの横で、コンテナに背中を押しつけたヴィンセントが怒号《どごう》を飛ばす。

「ちッ、生きてるのか、しぶてえヤツめ！」

「ジャクソンとジェフを殺しやがって！　自分たちが何してるのかわかってるのか⁉」

返ってきた声は、焦燥《しょうそう》と苛立《いらだ》ちに震えていた。

「うるせえ！　ジャクソンがさっさとてめえらと手を切らねえから悪いんだ！　この話がお流れになったらどうすんだよ！　獣人との同盟なんてクソ食らえだぜ！」

「ジャクソンのいないてめえらに何ができる！」

「黙れ！　新しい縄張りと部下をもらえりゃ、どうにだってなるんだ！」

怒鳴り声の合間に、じわじわと近づく足音が混ざり込んでいた。ナタリアは強張《こわば》った目で周囲を見回す。

「どうにかしてみんなを助けなきゃ……！　何か、何か方法は……！」

考えろ。考えろ。考えろ……！

ダメだ。何かを考えようとすると、さっきのジェフの死体が、さっきまで一緒に話をしていたジャクソンの死が、頭の中を塞《ふさ》いでしまう。

彼らは獣人をわかってくれていた。理解しようとしてくれていた。なのに、そんなこと関係なく殺された。いや、だからこそか？

どうしてこうなる？　獣人が獣人であることで、人間たちはいつもこの結末を持ってくる。

何がいけないのか。獣人が悪いのか？　人間が悪いのか？　人間だ。人間が。人間さえ……。

がしりと腕を摑まれ、ナタリアははっとなった。

「この状況下じゃ、もう作戦もクソもない。力押しで脱出する。いいな？」

士郎だった。彼が目線で問いかけると、獣人ギャングたちは全員うなずいた。

「うおらあ！」

士郎が蹴り出した大型コンテナが、倉庫の床に波のような火花を散らしながら滑走し、男たちを弾き飛ばした。

「獣化して逃げろ！　散り散りになれ！」

彼の指示に従い、ヴィンセントたちは一斉に獣人に変身すると、広い搬入口《はんにゅうぐち》から外へ駆け出した。

「来い！」

ナタリアとクロも士郎に抱えられ、倉庫を脱出する。

「獣人を逃がすな。特にクロヒョウ野郎だ！」

ドミニクかピーターの上擦《うわず》った声が、耳の奥に残り続けた。


どうしてこうなってしまうのだろう。

ビルの屋上から屋上へと飛び移る士郎に身を委《ゆだ》ねながら、ナタリアは猛スピードで流れていく街の風景をぼんやりと見た。

ここには彼ら共通の夢があった。わかりあえる価値観があった。

それなのに、最後はこうなる。こうなってしまう。

本当に、誰かが邪魔をしているみたいだ。国よりも、もっと大きな存在。

神だとでもいうのか？

「あんたの言う通りだった」

士郎に並走する影が、暗い声で告げてきた。

クロヒョウに獣化したヴィンセントだ。

「ジャクソンは信用できる男だった。だが、俺は一つ忘れてた。人間は強欲なんだ。俺たち獣人よりも、ずっとな……」

彼の声は寂寥《せきりよう》感を伴っていたが、深い悲しみとはまた違った。

獣人の哲学とでも言うべき死生観による割り切り。

人間は死を恐れ、死から逃げる。獣人は死を恐れ、死をかわす。

獣人たちにとって死はひどく身近なもの。常にそばにあって、かわしきれなければそれまで。そんな潔《いさぎよ》さがある。あって、しまう。

彼はもう、ジャクソンの死を悲しめないのだろうか。

「その傷、ファビオを助けた時のだな」

ヴィンセントの言葉を聞き、ナタリアは初めて、士郎の手に血がついていることに気づいた。

「かすり傷だ。大したことない」

「だが、仲間を守ってくれたことは確かだ。礼を言う」

「これからどうする?」

返事の代わりに、士郎は問いかけた。

「わからない。もうこの街にいられないことだけは確かだ」

ヴィンセントのグリーンの目が、遠くを見やった。自分よりずっと速い速度で飛び去っていく夢の名残《なごり》を眺《なが》めているふうでもあった。

「おまえの仲間は？」

「全員別方向に逃げた。集合場所も何も決めてない。生きていれば、また会えるかもな。しばらくは身を潜《ひそ》めるだろうが……」

「港の獣人たちはどうなるんでしょうか？」

男二人の会話に、ナタリアは声を割り込ませた。士郎もそれが気になるようで、ヴィンセントに視線を送る。彼は少し笑い、

「ヤツらの心配なら、恐らく、いらない。普段、獣人相手じゃまともに仕事をしてくれない警察も、ギャングと港が絡《から》んでいるなら話は別だ。悪党の勢力を削《そ》ぐまたとないチャンスだと喜んですっ飛んでくる」

「よかった」

ナタリアは少しほっとして言った。

「本当に、獣人助けが好きなんだな。あんたらは」

ヴィンセントは士郎の血の跡をもう一度見やり、張り詰めた顔の端をわずかに緩《ゆる》める。

「当然だ」

応じた士郎は、続けて「おまえも一緒に来るか？」と彼に問いかけた。

黒毛の獣人はわずかに後ろを振り返るように頭を動かし、しばし沈思してから、告げた。

「……いいや、いい。もっと弱いヤツのところに行ってやってくれ。俺はひとまず一人でやっていくよ。——さよならだ」

ヴィンセントは九十度方向転換し、街の中へと消えていった。

黒い影は、無数の色彩が散りばめられた都市の光の中へと埋没し、すぐに見えなくなった。

たくさんの人の顔とたくさんの思い出が残る港町を、彼は一度として振り返らなかった。

これだから、獣人は、哀《かな》しい。

「オーガミさん、わたしたちはどこへ?」

ナタリアは気を取り直して訊いた。

「わからんが、とにかく海を背に西だ。港を離れれば、ヤツらも軽々に暴れられないだろ」

「ですね」

ヒュン、と風切り音がした。

ナタリアは身をよじって背後を確かめる。

「⁉」

そこには、見たこともない巨大な金属の塊《かたまり》が迫って来ていた。

「オーガミさん!」

「何だ、ありゃあ⁉」

士郎も目を剝く。

港の荷物を揚げ降ろしする大きな機械を、人のような形に組み直したような物体だった。その骨組みの中央には人間が収まっており、操縦桿《かん》を握りながら、こちらに怒号を放ってくる。

「待ちやがれ獣野郎！　今、俺のマシンでぶっ殺してやるぜ！」

追っ手だ。機械の腕が持ち上がり、少しの煙と共に破裂音を響かせた。

ナタリアのすぐ横を、目に見えないほど素早く、小さな突風がすり抜けていく。

「体を丸めてろ！」

縮《ちぢ》こまるナタリアを今まで以上に強く抱きかかえ、士郎はスピードを上げた。

「無駄だ！　こいつは戦争でも使われた対獣人用のパワードスーツだぜ！　犬野郎ごときじゃ逃げ切れねえよ！」

戦争で対獣人用の兵器が各種多数作られたことを、ナタリアは獣人収容所の科学者たちの会話から盗み聞いて知っていた。獣人の突進力を抑えるために、いずれも強い衝撃力を備えた兵器群だという。

「上等だ」

ナタリアの視界が一気に下降する。士郎がビルの谷間に飛び込んだのだ。

着地の風圧があたりに漂うすえた臭いを吹き散らかしたかと思うと、士郎はすぐに地面を蹴り、裏路地を走り抜ける。

ナタリアは不安定な視界の中で何とか背後を確かめた。

大きな図体にもかかわらず、パワードスーツはこちらの背後にぴたりとついてきている。

「ハハハ！　逃げろ逃げろ！　俺はこいつで何匹もの獣人を始末《しまつ》して来たんだ！」

「…………！」

体に巻かれた士郎の腕に、今までとは別種の力がこもったのを、ナタリアは感じ取った。

「少し我慢《がまん》しろ」

士郎は急制動をかけ、減速する中でナタリアを金属製の大きなゴミ箱に放り込むと、取って返す動きの中で容赦《ようしゃ》なく蓋《ふた》を叩き落した。

「ようやく観念したか！　今、蜂《はち》の巣にしてやるぜ野蛮人《バルバレイ》！」

ナタリアは蓋をわずかに持ち上げ、外の様子を必死に見つめた。

パワードスーツが飛び跳ねる士郎目がけて、銃を乱射していた。

レンガ造《づく》りのアパートの壁が弾け、地面に降り注ぐ破片が細かく立てる音を、耳をつんざく銃声が根こそぎ奪い去っていく。

「くっ、こいつ、ちょろちょろと！」

裏路地の狭い空間を立体的に動き回る士郎を、巨体とは思えない跳躍力《ちようやくりよく》を駆使して鉄の塊が追う。足場にされた壁が砕《くだ》け、掴まれた階段の手すりがひん曲がったが、銃の射線が士郎の動きと重なることはなかった。

「何でだ……!?　こいつはチーター型獣人と同じ速さで動けるよう設計された兵器なんだぞ!?

何で捉《とら》えられない！」

機械を操っている男が、嗄《か》れそうな声で叫び散らす。

灰色《はいいろ》の残像を帯のように裏路地に引いていた士郎から、冷めた声が返った。

「目だ」

「目!?」

壁を蹴って、しなやかに建物と建物の空間を飛び跳ねながら、士郎の言葉が操縦者にかけられる。

「チーターやハヤブサのように高速の世界で生きている獣人たちは、その速度に振り回されない強靭な目を持っている。だがおまえの目は、ただの人間のままだ。それでは獲物を追えない」

「ふ、ふざけるな！　これならどうだァ！」

士郎に向けられた機械の腕部から、無数の矢が一斉に発射された。逃げ場もなく広がった数多《あまた》の矢尻《やじり》が、横殴《よ》りの豪雨のように彼へと迫っていく。

士郎は――避けなかった。

まっすぐ矢の嵐に向かって突っ込むと、魚のように優美に体をくねらせながら、そこを無傷で通過してみせた。すべての矢の隙間をすり抜けてきたのだ。

「そんな遠くで撃つから、隙間もでかくなる」

ジグザクに虚空《こくう》を走った士郎の影が、とうとうパワードスーツの上部、操縦者の真上に取りついた。獣毛に包まれた手が、ぐぐっと音を鳴らすほど強く握り込まれる。

狼の目が、暗く光った。

「覚えておけ、人間。草原で走ることと、草原で生きることは違う」

「ま、待って！」

男の悲鳴が、士郎の拳を眼前一ミリのところで止めた。

「お、俺は本当は、獣人を殺したことなんかない！　ただ、軍でこいつの整備をしていただけなんだ！　だっ、だから、命だけは……！」

「ああ」

士郎はうなずくと、ほぼゼロの距離で停止させた拳をその位置から再び放ち、男の顔面を殴り飛ばした。

体を固定していたシートが限界まで引き伸ばされ、殴られた方とは反対側の頭部を金属のフレームに強打し、男は完全に意識を失った。

「臭いでわかってる」

パワードスーツはそれきりピクリとも動かなくなった。

「オーガミさん！」

ナタリアは勝利した士郎を出迎えようと、ゴミ箱から這い出した。

あんな機械の怪物が相手でも、彼はまったく恐れず、後《おく》れも取らない。空っぽなんてことない。やっぱり彼は、とても強く、勇敢《ゆうかん》な獣人——。

「待て、ナタリア！」という士郎の鋭い制止の声が響いたのは、すでに彼女が全身を外に出してしまった後だった。

「くたばりやがれ！　畜生《ちくしょう》ども！」

憎悪《ぞうお》のこもった声が、殴りつけるようにナタリアの耳に届く。はっとして振り向いた先には、マシンガンを腰だめに構えたギャングの姿があった。

死ぬまで、一秒もいらない超低温の瞬間。

ナタリアを突き飛ばす腕が、横合いから伸びた。

「ぐあああっ！」

火薬の破裂音と同じだけの血しぶきが、ナタリアに降りかかった。

士郎が、突き飛ばしてくれた。だから、彼が代わりに撃たれた。

「うおおおあああ！」

血塗《ちまみ》れの士郎は、声と力を振り絞って近くにあったドラム缶を投げつけた。

「うわあ——」

銃撃した男はドラム缶に激突すると、途切れた悲鳴と共にあらぬ方向に吹っ飛んでいって動かなくなった。それを見届けた士郎も、仰向《あおむ》けに倒れ込む。

「オーガミさん、オーガミさん！　わあああああっ！」

ナタリアは士郎にすがりついて叫んだ。

灰色の毛も服も血まみれで、どこを撃たれたのかなんてもうまったくわからなかった。

涙がとめどなくこぼれ落ちてくる。

「わたしなんかのために……わたしなんかを守って……！」

神様が。銀色の神様が、死んでしまう！

「平気、だ……！」

血の泡《あわ》を口の端にこびりつかせながら士郎がうめいた。体を起こそうとする。

「ダメ……！　やめてください！　平気なわけないでしょう!?　動かないで、お願いだから！」

ナタリアは必死に士郎の体を押さえつけようとした。

「いいから、少し離れろ……！　があああああああ！」

士郎の体から血の糸が一斉に吹き出し、ナタリアはまた悲鳴を上げた。
キ、キン、と音がして、ナタリアのつま先にも何かが当たる。涙でぐしゃぐしゃになった視界に映った血塗れのそれは、先端のひしゃげた弾丸だった。
「ふーッ……！」

士郎が大きく息を吐く。

間欠泉《かんけつせん》のように吹き出していた血が止まり、見える位置にあった銃創《じゅうそう》が、みるみるうちに埋まっていく。

「……⁉」

士郎は泣きじゃくるナタリアの頭の上にぽんと手を置くと、苦々しく笑った。

「俺の体は特別なんだよ。穴ぼこが開いたくらいじゃ死なない」

「オーガミさん……オーガミさん……！　わたし、わたしなんか……」

その先の言葉も見つからず、ただしゃくりあげるばかりのナタリアの肩を、士郎は子供をあやすようにそっと摑んだ。

「おまえは立派《りっぱ》な獣人だ。さっきも獣人たちを助けることを、最後まで考えてたな。そんなおまえが自分を〝なんか〟なんて言うな。それを言われたら、俺も同じ〝なんか〟になる」

「ごめん、なざい……。ごめん、なざあい……」

恐怖と悲しみに搔き混ぜられた感情に翻弄《ほんろう》され続けていると、士郎は困ったようにぽんぽんとナタリアの頭を叩き、それから近くにいたクロをそっと乗せた。

「それはそうと、そろそろ逃げよう。肩を貸してくれ。不死身でも、撃たれたら痛いんだよ」

そう言う彼は、どこにでもいそうでなかなかいない、気の優しい獣人だった。

ナタリアはまだ止まらない涙をそのままにして、微笑んだ。

もしこの世界に神様がいるのなら、それは人間と獣人を仲違いさせるような残酷な性格ではない。きっとナタリアの知っている神様のように傷だらけだけど、寂しそうだけど、もっと優しいひとだ。

「どうしてあなたは、そんなにまでして獣人を助けるんですか……?」

彼に肩を貸して立ち上がり、大きな体の重さを分け合いながら、問いかける。

「同胞を助けるのに理由が必要か?」

「理由のない人が、こんなに強いはずないです」

目元を強くこすりながら、ナタリアは彼を見た。

即座に言い返されたことに少し驚いた顔の士郎は、それからわずかに唇を噛《か》みしめるようにして、静かに苦笑した。

「なぜだったかな……。きっと、些細《ささい》なことだ」

声は、ナタリアの胸に静かに沈んでいった。

士郎はきっとこうして何度も傷つき、何度も苦しみながら獣人たちを救ってきたのだろう。

彼はいつも助ける側で、こうやって肩を貸してくれた相手はどれくらいいたのか。

銀狼の伝説に、パートナーは存在しない。

彼は、いつも一人だ。

幸せのかたちすら忘れてしまった、あの時の寂しそうな横顔が脳裏《のうり》に蘇《よみがえ》る。

ナタリアは、今度は自分が士郎を助けてあげたいと思った。

第四話 まっさらな獣

BNA ZERO
CHAPTER4

どこまでも広がる赤茶けた大地。

からからに乾いた風が運ぶのは、砂ぼこりとそれに混じったわずかな草の切れ端ばかり。

ナタリアと士郎《しろう》は、そんな荒野のど真ん中で仲良くぶっ倒れていた。

「……何でこんなことになってるんですか……」

「なぜかこうなってしまった……すまない……」

ナタリアのかすれたうめき声に、返す士郎の言葉も乾ききっている。

「ないです。オーガミさん……」

恨《うら》み言を一つだけ吐いて、ナタリアは口を閉ざした。

ニューヨークを離れ、西へ、ただ西へ。

元より、銀狼《ぎんろう》の獣人《じゅうじん》助けの旅に決まった道筋などない。発車間際《まぎわ》の列車に飛び乗ったり、トラックの荷台にこっそり相乗りしたり、そんなことを何度も繰り返すうち、きらびやかな都会の風景は徐々《じょじょ》にその華《はな》やかさの度合いを小さくしていき、やがて木々の緑すら剝《は》ぎ取られた世界の果てのような場所までたどり着いていた。

(こんなところが旅の終わりか)

陽炎《かげろう》が揺らめく地平の果てまで伸びた、石をどけただけの簡素《かんそ》な一本の道路が、ここが地球であることを示す唯一《ゆいいつ》の手掛かり。どちらに進めば正解かすら定かでない。

そもそも、ハダカデバネズミは体温調整が苦手なのだ。寒いのはまだ厚着をしてごまかすこともできるが、暑いのは全然ダメ。せめて水を飲んで体を冷やさなければ、あっという間に干物《ひもの》になる。

最後の潤《うるお》いを守るため閉じていた目を少しだけ開いた途端《とたん》、共に行き倒れた男の姿が映り、ナタリアの胸中に（でも、まあ、この人と一緒なら仕方ないか……）という意外な言葉が揺らいだ。

それが、獣人特有の死への諦念《ていねん》だったのかどうか、急な眠気に襲《おそ》われた彼女には、もう考えることもできなかった。

………………。

体がわずかに揺さぶられている。上下に、小さく。

下に敷かれているのは、柔らかな毛布だろうか。優しく揺すられるのがひどく心地よくて、ナタリアは、自分が死んでどこかの赤ん坊に生まれ変わったのかと思った。ここは何の心配もいらない揺りかごの中――。

「……っ⁉」

焦点《しょうてん》が定まらないまま動かした目に映った、赤茶けた大地と、砂ぼこりが舞う濁《にご》った空を認識した瞬間、ナタリアははっとして両まぶたを大きく開いていた。

死んでないし、毛布でもない。これは――。

「おお、起きたか」

この荒野にそっくりな色の毛玉のかたまりが口を利《き》いた。

意識がはっきりしてくるにつれ、それが何なのか気づく。

「クマ——獣人……？」

「ああ。初めまして異国の兄弟。俺の名前はグレゴノ。見ての通り、獣性はグリズリーだ」

ナタリアは、片目に眼帯をつけたグリズリー獣人——グレゴノの肩に担《かつ》がれていた。

「カァ」と心配そうに鳴いたクロが、定位置である頭の上に飛び乗ってくる。降ろしてもらおうと身じろぎしたが、「少し休んでいろ」という声が、グレゴノの横を自分の足で歩いている士郎から飛んできた。

「彼が行き倒れた俺たちを助けてくれた」

「ちょうど通りかかってよかった。あのフライパンの上で寝ていたら、バッファローでも半日で黒焦《くろこ》げになってしまうからな」

「ありがとう、ございます……」

何はなくともお礼を言う神経が働いた。が、そのあとすぐに芽生《めば》えた違和感から、疑問の声が彼女の口をついて出る。

「通りかかったんですか？　あんな何もない場所に？」

グレゴノは巨軀《きょく》に見合った豪快な笑い声を上げた。

「何もなくはない。あの先にはメディカルハーブの群生地があって、俺は月に一度、町からそれを取りに行くんだ」

彼の背中に回された小さな背嚢《はいのう》に気づいたナタリアは「町……？」と聞き返して、周囲を見回した。文明を示す最後の砦《とりで》であった道路すら見当たらず、あるのはキノコのように荒野に生えた巨大な岩山ばかりだ。

「もうじき着く」

そう言った彼を信じて、肩に担がれたまま移動すること十数分。

荒々しい岩石群の中へと入り込んだナタリアの目に、意外なものが映った。

それは、左右両端を石レンガで囲まれた、間違いなく道と呼べるものだった。

大岩の隙間《すきま》を縫《ぬ》うようにして続く舗装路は、さらに信じられないものがあるところまで彼女を導く。

岩壁をくり抜いて作った住居。一つや二つではない。

中心の広場を囲うように屹立《きつりつ》する岩山すべてに、窓や階段が掘り込まれていた。

「こんなところに、町……!?」

「そんな……!?」

ナタリア以上に驚嘆《きょうたん》の声を上げたのは、意外にも士郎だった。

突然、彼は広場の中心まで駆けだすと、ひどく狼狽《ろうばい》した様子で、円形に広がる石窟《せっくつ》の町の風景に目を走らせる。

「そんなバカな。この町は……ここは……！」

「どうした？　兄弟？」

グレゴノが少し驚いた様子でたずねる。

振り返った士郎の表情を、ナタリアはそれからもずっと忘れられなかった。

今にも泣き出しそうな、銀狼の顔。

「ここは俺の故郷――ニルヴァジールだ」


ワカン・タルカというのがこの町の名前だった。

岩壁から削《けず》り出された石のベンチに座ったナタリアは、そこから見える平穏《へいおん》な情景に目を細める。

広場で遊ぶ大勢の子供。きめ細かな織物《おりもの》を売る露天商《ろてんしょう》と、その手前で世間《せけん》話に夢中な女性たち。何かを焼くいい匂《にお》いがする岩壁の店の前には、入ろうか入るまいか迷っている男性の姿。

「クシュン」と大きなくしゃみをした途端、みなと遊んでいた小さな子がたちまちヒツジの姿に変わってしまった。

しかしそれを見ても誰も驚かない。「何だよ、まだ獣人化を操《あやつ》れないのか？　ガキだなー」なんてからかわれてさえいる。

大きな石材をたった二人で運んでいるのは、二足歩行のゴリラとオランウータン。彼らの通り道を塞《ふさ》がないよう注意する者はあっても、その姿に目を丸くする者はいない。

ここは、獣人だけが暮らす場所だった。

広場を駆け出ていく子供たちを目で追うと、自然と、すぐ隣に座っている男の横顔に視線が向く。士郎だ。

「…………」

鈍《にぶ》い眼差《まなざ》しはいつも通りだったが、普段は固く閉じている口元に、微笑とすら見間違えるほどの柔らかさある。眉間《みけん》のしわもだいぶ緩《ゆる》んでいた。

――ニルヴァジール。昨日、この町を見た時、彼はそう言った。自分の故郷だと。

「そんなに似てるんですか？」

問いかけると、こちらの存在など忘れ去ったように広場を眺《なが》めていた顔が、いつになく穏《おだ》やかにナタリアへ振り向いた。

「ああ。そっくりだ。規模は小さいが、町の様子も、人も……」

声に含まれた笑みに、ナタリアは強い興味を抱いた。

獣人ならば誰もが知る救世主。苦境に陥《おちい》った獣人たちを救ってくれる、銀色の神様。

しかし彼にも当然始まりというものがあって、生まれ育った故郷があるはずだ。

知りたかった。そして、そこに行ってみたかった。

「ニルヴァジールって、どこにあるんです？」

訊《き》いてみた。返ってくる答えを予想もせずに。

「もうどこにもない」

「え？」

「人間に滅ぼされた」

言葉を失うナタリアに、士郎は語り出した。

きっと、誰かに聞かせるためではなかった。この故郷によく似た風景を見て、記憶が勝手に言葉となってこぼれ落ちたようだった。

「ずっと昔、ヨーロッパの東の砂漠近くにニルヴァジールの町はあった。そこにアビヤッドって男がいた。名前の意味は〝白〟。どこにだっている、オオカミ獣人の若い男だった」

それは、銀狼の始まりの、哀《かな》しい物語だった。


——いつになく、暑く乾いた日が続いていた。

町の見張り台からは今月に入ってもう何度も砂嵐《シムーン》が確認されている。

ニルヴァジールは渓谷《けいこく》の内側に作られた都市だったので、燃える風とも言われる砂嵐の影響を受けることはまずない。しかし、これからそこを通って人間の街へ行くアビヤッドにとってはまさに死活問題だった。

「アチいな、クソ……」

頭に巻いたスカーフの余りで無理矢理顔を扇《あお》ぎつつ、彼はうめいた。

「おまえは大丈夫か？」

商売用の荷物を満載し、さらに彼を背中に乗せたラクダは、こちらの問いかけに対して泣き言――もとい鳴き声一つ返すこともなく、獣化した獣人たちでごった返す通りを悠々《ゆうゆう》と歩いていく。

何もかもが干乾《ひから》びるような暑さのせいで、誰の顔にも苛立《いらだ》ちが見て取れた。

アビヤッドは獣毛《じゅうもう》だらけの顎《あご》の下を腕でこすり、「いっそ素《す》っ裸《ぱだか》の人間状態なら少しはマシかと思っちまうが……」とつぶやいて、自分の浅はかな欲求に苦笑した。

こんな日に強靭《きょうじん》なオオカミ獣人の状態を解けば、それこそ命の危機だ。だからこそ、みな獣化した姿で渇《かわ》きをこらえている。

砂漠を越えて人間の街に着いたら、とにかく浴びるほど水を買おうと思った。

「おーい、アビヤッド！」

大通りの左右を埋める人込みから、小さな人影が駆け寄ってきた。

「やあナキ」

その人影――ヒツジ獣人の少年に、アビヤッドは片手を上げて挨拶《あいさつ》する。

「アビヤッド、人間の街に行くんだって？」

「ああ、そうだよ」

「ならこれ。水だよ。持っていって」

差し出された革袋《かわ》に思わず目を丸くする。

「いいのか？　町中で水不足だろ」

「うん。〝すり鉢《ばち》池〟も干上がりそうだって、みんなハラハラしてる。……いや、イライラかな」

アビヤッドはここに来る前に見てきた風景を思い出し、表情を曇《くも》らせた。

町の奥にあるすり鉢状のため池は、今や底が見えかけている。その周囲では水汲《みずく》みをする順番や量でも諍《いさか》いが起きており、住民のストレスは日増しに高まってきていた。

「今年の雨の少なさは異常だな」

「うん。だから持っていって。あと、これもね」

水入りの革袋を渡した後、ナキが大事そうに持ち出したのは、織物だった。

アビヤッドは進行方向にあった岩壁の家の窓に目をやる。ヒツジ、ラマ、アルパカの獣人たちが、自分たちの毛を使って機織《はたお》り作業をしているのが見えた。

そのうちの一人がこちらに気づき、軽く手を振ってくる。ナキの母親だ。会釈《えしゃく》を返し、ナキが持つ織物の上に手を滑らせた。

「相変わらずいい品だ。わかった。人間たちに高値で売りつけてくる」

「人間のふりが上手《うま》いからね。アビヤッドは」

「獣人とわかるとあいつらいろいろ面倒《めんどう》くさいからな」

「何かコツでもあるの？」

「別に。獣化しないで大人しくしてればいい」

「アハハ、できなさそうなヤツいっぱいいる」

笑った拍子《ひょうし》にナキは少し咳《せ》き込んだ。

「大丈夫か？」

「平気。ちょっとのどがヒリヒリするだけ」

少し暗い顔をしたナキを少しでも元気づけようと、アビヤッドは優しく言った。

「よし、水のお礼に土産《みやげ》を買ってくるよ。何がいい？」

案の定、少年はぱっと表情を輝かせ、

「なら、ヒツジの人形がいい！」

「ヒツジ獣人が、ヒツジの人形か？」

「人間が作った人形は細工が細かいんだよ。綺麗《きれい》で好き」

手渡された織物を見る限り、獣人たちの特産品も品質で負けてはいないが、玩具《がんぐ》や娯楽《ごらく》方面への執着となると人間たちの方が圧倒的に勝る。ヤツらの努力の方向は時々おかしい。

「わかった。三カ月くらいで戻るから、楽しみにしてろ」

「うん！」

両手を振るナキと別れたアビヤッドは、街を隠すように重なった岩の隙間の道へと向かった。

――そして三カ月後。

人間の街で無事に商売を終えたアビヤッドのラクダには、獣人の町では手に入らない商品がたっぷりと載《の》せられていた。

その荷物に前後左右を囲まれるようにして乗った彼の手には、ナキに言われたヒツジの人形が握られている。

ビーズや色つきの紐《ひも》で飾られたヒツジ人形は、ナキの期待を裏切らないものをと街中を歩き回って見つけ出したものだ。予想外に値《ね》が張ったこいつのおかげで食事を数回分抜くハメになったが、まるで王子様のようなこのヒツジを見たらきっとナキは喜んでくれるに違いない。そう考えれば、高い買い物ではなかった。

「真っ先に渡してやろう」

彼の笑顔を想像し、自身も顔をほころばせながら、アビヤッドがニルヴァジール入り口の岩山に近づいた時だった。

「……？」

砂混じりの風に、異様な臭《にお》いを嗅《か》ぎ取る。

「血の、臭い……!?」

そうつぶやいた直後、アビヤッドの視界に、岩の隙間から駆け出してくる人影が映った。

「ナキ……!?」

出迎えてくれた、というのどかな予想は、少年の追い詰められた形相《ぎょうそう》を見て一瞬で霧散《むさん》する。

背後に二つ大きな影。馬に乗った人間だった。弓や槍《やり》を持っているだけでなく、揃《そろ》いの鎧《よろい》まで身に着けている。

「……な、何だ……!?」

飛来する弓を、ナキは二度まではかわした。しかし、三度目に足を射貫《いぬ》かれ、砂地に倒れ込む。

アビヤッドはそれを凝然《ぎょうぜん》と見つめるしかなかった。槍を持った人間が迫る。突き出された槍がナキの小さい背中を深々と抉《えぐ》り、赤茶けた地面に黒い斑点《はんてん》をまき散らした。

「ナ、ナキイイイッ!」

ラクダから転げるように降り、駆けだす中で体を狼《おおかみ》へと変化させながら、アビヤッドは絶叫した。

「貴様らあああッ!　何をしてるんだあああああッ!」

「他のヤツだ!」

「やってしまえ!　殺せ!」

人間たちは恐れる素振りすらなく、アビヤッドへ武器と敵意を向けてきた。

幾筋《いくすじ》もの風切り音が耳元を通過していったが、ジグザクに走る彼には当たらず、地面へ矢尻《やじり》を突き立てるだけに終始する。

「うおおお！」

弓兵《きゅうへい》へと迫る寸前、横合いから槍が突き出てくる。弓兵の相棒《あいぼう》だった。

アビヤッドは頭を低くしてその横槍をやり過ごすと、槍の柄《え》の真下を駆け抜けて、そのまま人間の喉笛《のどぶえ》に噛《か》みついた。

筋肉と血管を食い破る歯ごたえを感じながら勢いに任せて体を旋回させ、すべての運動エネルギーを人間に押しつけて豪快に放り投げる。

最初の一撃で即死していた人間は、糸の切れた人形のようにすっ飛んで砂地に落ちた。

「ヒッ！」

相棒の無残な死に様《ざま》に悲鳴を上げた弓兵に、最後の一矢をつがえさせることさえ許さず、一瞬で肉薄したアビヤッドは、鋭い爪《つめ》でのどを切り裂いてこちらも殺した。

「ナキ、ナキ、しっかりしろ！」

人間たちを仕留《しと》めたアビヤッドは、倒れたナキを抱き起こした。

「ウウッ……」

彼は目を閉じたまま、苦しそうにうめいた。

「待ってろ。すぐに町に運んでやるから！　大丈夫だ、きっと助かる！　おまえは強い獣人の子だろ！」

ナキの目が開く。アビヤッドには一瞬、それが事態が好転する兆《きざ》しに思えた。

だが。

「ゥガアアアッ！」

「⁉」

恐ろしい咆哮《ほうこう》と共に猛烈な力で押し倒され、頭の中が真っ白になった。

血走ったナキの目が、彼が我を失っていることを瞬時に理解させる。

「よせ、ナキ！　俺だ！」

食らいつこうとするナキの体をどうにか押し返し、アビヤッドは叫んだ。

不意に、小さな体の底から噴《ふ》き出ていた圧力が消える。

「ナキ。よかった、落ち着いたか」

アビヤッドはほっとして、彼の顔をのぞき込んだ。

半《なか》ば閉じられたまぶたの奥で、色のない瞳《ひとみ》がこちらを見返していた。だが、その眼《め》は、何も映していなかった。

ナキは、事切れていた。

「あ、ああ……⁉　ナキ、ナキ……！」

呼びかけても、揺さぶっても、ナキは何も言い返してこず、指先一つさえ動かしてはくれなかった。ただ、悲しそうな顔のまま、死んでいた。

「ちくしょう、なぜだ……⁉」

アビヤッドは彼を強く抱きしめて唸《うな》った。

なぜこんなことになったのか。なぜ人間がナキを殺したのか。

何もわからない。

ナキの遺体をそっと横たえ、その胸に、お土産のヒツジ人形を抱かせる。

「待ってろ。すぐに戻るから……」

むせかえるような血臭《けつしゅう》が、ニルヴァジールの入り口の方から漂い続けている。そこに行かなければならなかった。何が起こっているのか、見定めなければならなかった。

入り口に近づくにしたがって、空気に混じった錆《さび》の臭いがおぞましいほどに濃くなっていく。

いつの間にか歯がカチカチと鳴り、一歩一歩の動きが鈍くなっていった。

岩と岩の隙間を抜けた先には、地獄があった。

あたり一面血の海で、そこら中に獣人の死体が転がっている。

アビヤッドののどから、おののく吐息《といき》が漏《も》れた。

「う、うう……」

かぼそい声が聞こえ、アビヤッドははっと振り向く。

壁にもたれかかったサル獣人だった。深手《ふかで》を負っているが、まだ生きている。

「しっかりしろ、何があったんだ⁉」

駆け寄って、その手を取ろうとした瞬間、

「グワアアアッ！」

「うわああっ！」

半死半生だったサル獣人は、命を振り絞《しぼ》るように牙《きば》を剝《む》き出しにして、アビヤッドに襲いかかってきた。

とっさに身をかわすと、サル獣人はそのまま頭から地面へと突っ込み、それきり動かなくなった。

「ち、ちくしょう……！　ちくしょう！　何なんだ、何なんだよ、これはっ……！」

怒りのあまり涙がこみ上げ、食いしばった牙へと伝っていった、その時。

街の奥から悲鳴が聞こえた。まだ、誰か生きてる。

アビヤッドは弾《はじ》けるように駆けだした。

道の先に彼が見たのは、今まさに虐殺《ぎゃくさつ》される同胞《どうほう》たちの姿だった。

手足を切り刻《きざ》み、逃げることさえできなくなったところを、容赦《ようしゃ》なく槍で刺し殺していく。

体の大きな獣人も、体の細いメスの獣人も、老人も、子供も、見境なく。

「やめろおおおおおおッ！」

アビヤッドは道を駆け抜けながら、凶行を続ける人間たちを切り裂いた。

「何だ……ぎゃあっ！」

「気をつけろ、何かいる――ぐえっ！」

気づいて応戦しようと身構えた者もいたが、一人の例外もなく、アビヤッドが走り抜けた後ではもの言わぬ骸《むくろ》になっていた。

血風《けつぷう》を纏《まと》って駆ける道のさらに奥に、一際立派《ひときわりっぱ》な鎧を身に着けた人間がいる。

兵士たちを指揮している将軍に違いなかった。

こいつだ。こいつが、ニルヴァジールをやった。こいつが！

真っ赤に明滅する視界の中でそいつの顔を捉《とら》えたアビヤッドは、血を吐くように絶叫する。

「何をした人間どもおおおオオオ！　俺の故郷に！　何をしたああああああアアアアッ！」

恐れおののく周囲の人間たちと違い、その将軍は近くの馬に吊《つ》るしていた大型の馬上槍《ばじょうやり》を手に取ると、静かに構えを取った。

「来い」とつぶやくように言うのが聞こえ、アビヤッドの怒りを沸点まで引き上げる。

無駄な足掻《あが》きのはずだった。これまでの人間と同じく、一瞬で喉笛を食い破ってやるつもりだった。

異常な速度と正確さで、槍の穂先《ほさき》が眼前に迫ってくるまでは。

「⁉」

ガギッ、という全身が震えるような音が響き、脳裏《のうり》で火花が散った。

間一髪《かんいっぱつ》。アビヤッドはのど元に迫った槍を、文字通り牙で食い止めていた。

将軍がそのまま腕を振り回す。信じがたい腕力で、アビヤッドは投げ飛ばされた。

空中で体勢を整え、吹っ飛ばされた先の壁に足を当てると、力任せに蹴《け》りつけて再び将軍へと躍《おど》りかかる。

その鼻先を、槍がかすめた。

「うっ！」

立て続けに幾筋もの銀光が走り、避《よ》けるアビヤッドを追いかける。

（何だ……!? 何だこの人間は……!?）

今まで出会ったこともないような恐るべき手練《てだ》れだった。

じりじりと追い詰められ、気づけばすり鉢池の縁《ふち》がすぐ背後にある。

池の水は完全に枯れていた。

この三カ月、雨はろくに降らなかった。獣人たちは渇きに苦しみ、悩んだに違いない。

その間、ナキはずっとお土産を楽しみに、耐えていたはずだ。

それが。その結末が、これなんて。

認められるか。認められるわけがない！　断じて！

「うがあああああああああッッッ！」

最大速度で跳躍《ちょうやく》したアビヤッドの体が、肉を裂く音と共に空中で止まった。

彼の体の真ん中を将軍のランスが貫《つらぬ》いていた。

「許さん……！　絶対に、許すものかあああッッ！」

血の涙を流しながらアビヤッドはもがき、槍を自《みずか》らの体に潜り込ませながら、将軍へと迫ろうとした。

その鬼気《きき》迫る様子を見ても、将軍は眉《まゆ》をわずかに揺らしただけだった。

小さく鋭く息を吐き、手にした槍をアビヤッドごとすり鉢池の中へと投げ落とす。

遠ざかっていく仇《かたき》の顔に手を伸ばそうとした直後、槍の先端がため池の底を突く衝撃が襲いかかり、彼の意識をまっ白に破裂させた。

自分が生きているのか死んでいるのかもわからない感覚の中で、アビヤッドはたくさんの獣人の死体が、自分の周りに投げ込まれていくのを見た。

すでに死んでいた者。池の縁で殺され落ちてきた者。かすかに生きていて、アビヤッドのすぐ隣で死んだ者。そのすべてを、彼は見ていた。

死体から溢《あふ》れた血が、アビヤッドの体を呑《の》み込んでいく。

水没した自分の体がじゅうじゅうと音を立てているのを、彼は聞いた。

全身が、同胞たちの血の中で沸騰《ふっとう》していた。怒りと憎《にく》しみと絶望が、間断《かんだん》なく肉体を、精神を、燃やし続けていた。

苦しい。痛い。悔《くや》しい。悲しい。

こんな地獄、さっさと終わってくれ。彼は灼熱《しゃくねつ》する心で、そう願った。

しかし──。

彼は死ななかった。なぜ生き延《の》びられたのか、彼にもわからなかった。

ただ、たった今自分が這《は》い出てきた、獣人たちの死体と血で埋め尽くされたため池を振り返り、雲を突き抜くような遠吠《とおぼ》えを放った。

すべきことはたった一つだった。

殺す。あの人間を、あの将軍を、殺す。

血の臭いが細く長く、街の外へと続いていた。逃す道理は、ない。

アビヤッドは死神のように追った。

知らないうちに、体は四つ足で地を蹴っていた。灰色《はいいろ》だった獣毛は銀に輝いていて、乾いてこびりついた血を風の中で削り落としていった。

一蹴りごとに四肢《しし》が力を増し、体は風のように軽くなる。あの場で死んだニルヴァジールの住人たちが、力を与えてくれているようだった。

仇を取ってくれ。ヤツらを殺してくれ。──ああ、いいさ。

あれほど恐れていた砂嵐も正面から突き破る。

昼夜を問わず走り続け、彼は十字の印《しるし》が描かれた旗《はた》が揺らめく敵の拠点《きょてん》へとたどり着いた。

着くなり、目につく人間を片っ端から殺した。一方的だった。

しかしあの将軍はいない。

「将軍はどこだ。俺の腹に穴を空《あ》けたヤツだ」

前脚で叩《たた》き伏せた人間に問いかけた。そいつは涙と鼻水で顔をぐしゃぐしゃにしながら、

「ここにはいない。先に都に戻った」と、かろうじて聞き取れる声で答えた。

「そうか」

アビヤッドは喉笛を噛み千切《ちぎ》って男を殺した。

さらに臭いを追う必要があった。

都だ。都の人間ごと、ヤツを殺す。そうして自分が獣人たちに何をしたのか、思い知らせてやる……！

「この悪魔……！」

震える声が背後から聞こえ、アビヤッドは振り向いた。

まだ十歳かそこらの人間の子供が、小枝のように小さなナイフを震える両手に持って、こちらに向けていた。

「まだ生きているヤツがいたか……」

「何でだよ。何でこんなことするんだよ……！」

少年は悲痛な声で叫んだ。

不意に、その恐怖の顔が、涙が、あの時のナキと重なった。

「…………！」

アビヤッドは我に返ったように周囲を見回した。

兵士たちに混じって、老いた者や女も血まみれで倒れていた。

獣人たちの血の臭いもしていない。明らかにニルヴァジールの虐殺とは無関係の者たちだった。

だが、殺した。

容赦なく自分が殺した。怒りに任せて殺した。憎悪《ぞうお》のままに、殺し尽くした。

ニルヴァジールのように。

ニルヴァジールを襲った残虐《ざんぎやく》な人間たちと、まったく同じように——。

「あ、ああ……うがああああああああああああっ！」

「——俺《アビヤッド》は復讐《ふくしゆう》を諦《あきら》めた。あの人間たちと同じになりたくなかった。戦えない者や弱い者まで無意味に殺戮《さつりく》するヤツらとは、違うと思いたかったんだ。それから俺は、獣人たちを助けて回った。自分と同じ苦しみを味わわせたくなかった。悲劇を少しでも減らしたかった……なんてな。実際のところ、俺はただ、自分があの人間たちよりマシな生き物だと、証明したかっただけなのかもしれない……」

そう言って乾いた笑みを浮かべた彼に、ナタリアはこの場にあるはずもない濃密な血臭を嗅いだ気がした。

「だが、ダメだった。俺はまた無意味な殺戮をした。見てただろ？　おまえを助けた収容所でだ。結局俺は、あの人間たちと大差ない残忍な生き物のままだった。銀狼の力はもう使えない。あれを使えば、俺はまた同じことを繰り返す。俺の千年は……徒労《とろう》だった」

だから泣いていた。あの収容所で。

「あなたの千年は無駄なんかじゃない」

自分の中で急速に膨《ふく》らんだ感情に痛みさえ覚え、ナタリアは思わず胸を押さえつけた。

「大勢の獣人が救われた。大勢の獣人の支えになった。あなたこそ、本当に獣人の救世主だ」

士郎の顔が悲しそうに歪《ゆが》んだ。笑おうとしたみたいだった。

「だけどあなたは……今も、救われてない……。こんな、こんなことって……」

獣人たちから救世主と崇《あが》められる人は、こんなにも傷つき、苦しんでいた。

虐《しいた》げられる獣人を見るたび、虐げる人間を見るたび、彼は故郷を思い出し、怒りと憎しみと絶望を蘇《よみがえ》らせていたに違いない。自分の幸せが何だったのか、忘れてしまうほどに何度も。何度も。

誰がこのことを知っている？　誰が彼のことを気に留めてやれる？

「長話がすぎたな。すまない。忘れてくれ……」

士郎はつぶやくと、まぶしそうに広場を見つめた。

誰も本当の彼のことを知らない。

この疲れ果てた救世主を助けてあげられるのは、もう、自分しかいないと思った。

翌日も士郎はベンチに座って町の様子を眺めていた。

彼の表情はいつになく穏やかだ。

仮宿《かりやど》としてあてがわれた家には、ドリームキャッチャーという、悪夢を取ってくれる風変わりな御守りが吊るされており、それが早速《さっそく》役目を果たしてくれたのかもしれない。

この町は他にも不思議なものがあった。人や動物の顔を彫《ほ》った細いポールはその代表だ。

そんな神秘的な文化の中で、獣人たちが暮らしている。

昨日から何一つ変わらない光景。きっと、何十年も何百年も繰り返されてきた平穏な日常。

きっとアビヤッドが暮らしていたニルヴァジールも、そういう場所だったのだろう。

そういえば、アビヤッドはいつから大神《おおがみ》士郎と名乗るようになったのだろうか。名前の響きは、日本という遠い島国のそれに近い。多分、そこでも何かがあったのだろう。彼がその名前を今でも背負い続けるような何かが。

それを士郎は語らなかったし、ナタリアも聞き出そうとは思わなかった。

ナタリアはふと、彼はずっと、故郷を探していたのかもしれないと思った。

そして、ニルヴァジールによく似たこの町と出会った以上、ここに居着くのかもしれないと。

世界の端っこが、銀狼の旅の終わり。

こんな辺鄙《へんぴ》な場所を訪れる人間もいないだろう。ワカン・タルカの平穏は、これからも永く続くに違いない。戦争で荒《すさ》んだ世界とその住人から切り離された、獣人たちの楽園として。

ここでなら、彼は自分を休ませられる。つらい記憶を再燃させずに済む。

もし、士郎がここへの定住を望むのなら。

(わたしも……ここに残ろう)

彼の心の傷を知っているのは自分だけだ。それならば、自分が彼を隣で支え、安らかに過ごさせてあげたかった。何もかも忘れて。故郷と同じ風景を見ながら。

そしてそれは、ナタリアにとっても、悪い未来ではないように思えた。

――不意に、遠くで自動車のエンジン音が聞こえた。

ややあって、広場にざわめきが広がる。

獣人たちの視線が一方に向けられる。ナタリアもそれに引かれて、町の入り口を見やった。

大勢の人間たちが、ぞろぞろとワカン・タルカに入って来ていた。

ぎょっとしてベンチから立ち上がりかけた士郎の動きを、「ウィル！」と叫ぶ人々の声が縫い留める。

「ウィル、いらっしゃい！」

「よく来たな。さあ取引を始めよう！」

「ウィル、約束の首飾りは⁉　えっ、これなの？　わあ、素敵《すてき》！」

空色の民族衣装を纏った人間の女性のまわりに、獣人たちが群がっていた。黒髪を後ろで束ねた、目元の凛々《りり》しい女性だ。雰囲気《ふんいき》や様子から見て、彼女が人間たちの代表のようだった。

獣人たちは他の人間とも親しげに話し、双方の顔には屈託《くったく》のない笑みが浮かんでいる。何が起きているのかわからないナタリアと士郎に「ウィル、来たか」という胴間声《どうまごえ》が響いて、獣化したままのグレゴノがどすどすと広場に入っていった。

「グレゴノ。また会えて嬉《うれ》しいぞ」

「ああ、俺もだウィル。天と精霊に感謝を」

ウィルと呼ばれる女性とグレゴノは親密そうに手を取り合って喜んだ。

彼女を中心とした人間の集団は、あっという間に町中に散っていった。彼らが持ち寄った荷物が広場で広げられ、それを求める取引の声はいつも以上に活気がある。

「これは一体、何だ……⁉」

その活況を見て、深く動揺する士郎の声がナタリアの体を揺さぶった。

さっきまで故郷そのものだった光景に、突然人間たちが踏み込んできたのだ。彼にとっては悪夢の再現に他ならない。

広場中を駆け巡《めぐ》る彼の目が、ある一点で釘《くぎ》を刺されたように留まったのがわかった。

視線の先には、獣人の子供と、人間の子供が、楽しそうに遊ぶ姿があった。

獣人はヒツジ獣人。手には、ビーズで飾られた、ヒツジの人形――。

彼の中で、何かが弾けた。

「出て行け！　人間たちはここに入ってくるな！　人間たちは獣人を裏切る。俺はずっとそれを見てきた！」

ナタリアが止める間もなかった。恐らくは無意識のうちにオオカミへと獣化した士郎は、広場に駆け込み、大声でそう叫び散らしていた。

「オーガミさん！」

ナタリアは慌《あわ》てて駆け寄ったが、それまで笑顔と笑い声に溢れていた広場は静まり返り、四方八方から戸惑《とまど》いと驚きの視線が二人に注がれる。

「これは、その……」

言い訳を探そうとすればするほど空回《からまわ》りするナタリアの前に、一人の女性が歩み出た。

ウィルと呼ばれていた女性だ。彼女は毅然《きぜん》とした眼差しで士郎を見つめると、穏やかだが芯《しん》のある声で告げる。

「我々はずっと昔から獣人と共に生きてきた。狼の兄弟、我々は敵ではない」

「そうだ、落ち着けオーガミ。話をしよう。ここでいい。座れ」

ウィルに続いて歩み寄ったグレゴノが、すぐ足元を指さして言った。

「オーガミさん」

ナタリアが宥《なだ》めるように腕に触れると、士郎は狼の牙を食いしばったまま、どかりとその場にあぐらをかく。グレゴノとウィルが何でもないというように周りに手を振ると、広場はもとの賑《にぎ》やかさを取り戻していった。

「驚かせて悪かったな、オーガミ。彼女はニーヨル族のウィル。ウィル、彼は旅の獣人でオーガミと、ナタリアだ」

「よろしく」

「は、初めまして」

「…………」

挨拶を交わしたのはウィルとナタリアだけで、士郎は唇《くちびる》をわずかに持ち上げ、不満を示すように牙をちらりと見せただけだった。

「ニーヨル族はこの大陸に古くから住む部族で、〝白い兄弟〟たちが海を渡ってくるよりずっと古くからここの獣人と交流がある」

グレゴノの説明に、ウィルも言葉を足していく。

「わたしの部族では、獣人たちを人と動物両方の姿を持つ者、人と精霊を繋《つな》ぐメッセンジャーとして尊敬し、親密な関係を築いてきた。侵略者に対して、共に力を合わせて戦った歴史もある。我々が獣人を裏切ることなどありえない。それは、家族を裏切るも同然の行為だ」

「獣人を尊敬しているんですか……？」

ナタリアは信じられない思いでたずねた。ウィルはうなずき、少し悪戯《いたずら》っぽく笑った。

「ああ。同時に彼らも、我々に敬意を払ってくれる。動物の姿となり、動物の力を借りられる獣人たちは、わたし個人にとっても憧《あこが》れの存在だ。小さい頃は、このグレゴノのようにいつか自分もクマになれると信じていたよ」

その笑顔は意外なほど子供っぽく、凛《りん》としたウィルの容姿をとても愛らしく見せた。ワハハと横で笑うグレゴノは、何だか照《て》れているようにも見える。二人の間柄《あいだがら》が少しわかった気がした。

「よその土地で、獣人たちが苦しい立場に置かれていることは知っている」

ウィルは表情と声を改めて、そう言った。

「オーガミが言ったことが現実に起きているのも確かだ。しかし、それが人間と獣人の関係のすべてではない。それに、我々の部族も白い兄弟たちからは過酷な扱いを受けている。苦しみは理解している」

彼女の放つ言葉の一つ一つに、歴史を守ってきた自負と、歴史に守られてきた強い感謝の念が感じられた。ニューヨークのギャングたちのような短い交流ではなく、何世代にもわたって維持《いじ》されてきた確かな信頼関係だ。

あの時感じた獣人と人間を隔《へだ》てる見えない壁が、ここでは存在しない。いや、あれはただの自分の思い過ごしだったわけではあるが……。

「ところで、あなたたちは海を渡って来たのだろう？」

「はい。そうです」

説明口調から一転、興味津々《しんしん》な感じになったウィルの声音《こわね》に、ナタリアは積極的に反応した。彼女とは、不思議ともっといろいろ話がしたかった。

「あちらには、苦境に立たされた獣人たちを救う銀狼の伝説があるというのは本当か？」

思わず士郎の方を向きかけたのをかろうじてとどめ、一方でウィルの口振りに奇妙なものを感じ取り、ナタリアは「こっちにはないんですか？」と逆に問いかけていた。

「銀狼については、海を渡ってきた獣人たちから伝わったと言われている。本来、我々の伝《でん》承《しょう》には存在しないものだ」

グレゴノがそう答えたのに続き、ウィルも考えを述べる。

「恐らく、つらい環境で生きる獣人たちが心の拠《よ》り所とするために広めた言い伝えなのだろう。この大陸の獣人たちはいずれも、わたしたちのようにどこかの部族と交流があって、差別的な扱いは受けていなかったから、そうした救世主の伝承は育たなかった」

「へえ……そういう考え方ができるんですね……」

真相は、単に士郎の活動範囲がこちら側に及んでなかったということなのだろうが、面白《おもしろ》いのはウィルの見解だった。銀狼がナタリアの真隣で仏頂面《ぶっちょうづら》をしている以上、彼はおとぎ話でも何でもない。しかしそれを架空《かくう》の存在と仮定した場合、その原因はこんなふうに考えられるのか。

「ウィルは獣人と人間の歴史研究家でもあるんだ」

「そうだったんですか？　すごい……」

「よしてくれ。そんな大層なものじゃない。ただ、記録しておきたいものがあるだけだ」

ウィルはクスリと笑い、「ナタリアは勉強が好きか？」と訊いてきた。

「はい。好きです。知らないことがわかるようになるのは楽しいです」

「そうか。わたしもだ」

微笑《ほほえ》んだウィルに、ナタリアも顔をほころばせた。

単純に、嬉しかった。脳みそサバンナの獣人たちからは、勉強なんて、と馬鹿《ばか》にされてきたが、ウィルは学ぶことの大切さ、いや、楽しさをきちんと理解してくれている。

もっとウィルと話をしなければならない。彼女から知らない言葉を引き出すことが、士郎のためにもなると思った。

その時だ。

突然荒っぽいエンジン音が聞こえ、一台の車が岩の隙間を抜けてワカン・タルカに入り込んできた。

入り口付近に集まっていた獣人たちが、驚いて逃げてくる。

「何をやっている！　彼らの家の中に車で乗り込んで来るなんて！」

肩を怒らせて怒声《どせい》を放ったのはウィルだった。

異常を察知《さっち》して、あたりの獣人たちが獣化を解き、また、子供たちを大人のそばに集める。

車は砂塵《さじん》を巻き上げながら止まった。

赤砂まみれになってはいるものの、黒いボディの曲面は磨《みが》き抜かれた玉のような滑らかさがあり、どこか昆虫めいた正面の顔には、人間の力を誇示するような威圧《いあつ》感がある。

素朴《そぼく》なものしかないこの場において、その文明的な工業製品はひどく異彩《いさい》を放ち、同時に敵意に満ちていた。

扉が開き、スーツ姿の一人の男がもったいぶった動作で出てくる。

ブラウンの髪の、小柄で、ねちっこそうな面立《おもだ》ちの男だ。

顔立ちはウィルたちとは大きく異なる。ニューヨークで見たような都会の人間だろう。ヴィンセントやジャクソンのような荒廃した雰囲気こそ持っていないが、どこか取り付く島のない冷徹な空気を漂わせていた。

後部座席から二人の男が姿を見せ、最初の一人目のすぐ後ろに並んだ。サングラスのせいで目元は見えないが、体つきは一人目の男の倍は膨らんだ偉丈夫《いじょうふ》だ。父親が二人いるのでなければ、護衛《ごえい》と見て間違いなさそうだった。

漂う砂や塵《ちり》で真っ黒なスーツが汚れるのを露骨《ろこつ》な顔で嫌がってみせると、小柄な男はハンカチで顔の周囲を払いながらこちらに歩いてきた。

「いやいやいや、荒野にオンボロなトラックが止まっているから何かと思えば、こんなところに人の町があるとは驚きです」

男は陽気に言った。耳にこびりつく声質だった。

「何者だ？　一体ここに何の用だ」

人間の姿に戻ったグレゴノがずいと前に出る。

クマの姿の時はある種の愛嬌《あいきょう》もあったが、今は精悍《せいかん》さが際立つ容姿だった。スーツの男の後ろのボディーガードたちが、足の親指一本分ほどじりっと前に詰めたのがわかる。

「わたしは大西部油田開発機構のイワン・ハリオットと申します。あ、これ名刺《めいし》です」

手渡された名刺を見て、グレゴノは眉をひそめた。

「油田開発？」

「ええ。この近辺の油田を調査しております。国が戦争で調子に乗ってバカスカ石油を消費した上、ヨーロッパではもっと深刻な燃料不足に陥っているということで、今や世界中で石油の争奪戦。新しい油田は掘れば掘るだけ儲《もう》けになりますから」

「それが俺たちにどう関係が？」

グレゴノが警戒《けいかい》しながらたずねると、イワンはこともなげに返した。

「ええ、このあたりと、あと近くの川の上流付近も調査する予定ですので、残念ですがあなた方にはここから出て行ってもらうことになります」

「「なっ……⁉」」

話を聞いていた獣人たちがそのあまりの一方的な物言いに立ちすくむ中、一人「ふざけるな！」と声を上げかけたグレゴノの鼻先にいきなり書類の束が突きつけられる。

「あ、これ土地の権利書です。それからこっちが調査のための許可書。後はもろもろの同意書です。サイン読めますね？　サインってわかります？　名前ですよ。やってオッケーって同意した証《あかし》」

「これは、誰の名前だ？」

「さあ？　我々はこの書類にサインさえしてあれば問題ないので」

そう聞くや否《いな》や、グレゴノは書類を奪い取って、くしゃくしゃに握り潰《つぶ》した。彼が獣化した姿だったら、イワンの頭も巻き込まれていただろう。

「あーあ。これ作るの面倒くさいのに」

丸められた書類が地面に投げ捨てられるのを無感情に眺めながら、イワンは棒読みの台詞《せりふ》を吐いた。

グレゴノが息荒く言う。

「そんな紙切れが何だというんだ？　我々はおまえたちが大陸にやって来るはるか昔からここに住んでる。おまえたちにどうこうする権利はない」

「そう言われてもねえ」

イワンはぽりぽりと頭を掻《か》きながら、ワカン・タルカを見回した。荷車の裏に隠れていた小さな子供が目を合わせられ、キャッと悲鳴を上げて逃げた。イワンはいやらしく笑い、

「ホントにここに住んでます？　こんな非文明的なところで、まともな人間が暮らせるとは思えませんよ」

そして、わざとらしく付け加える。

「あ、野蛮《やばん》で危険な獣人とかならわかりますけどね」

音もなく広がる動揺が、グレゴノたちの肩を揺らした。

これはヴィンセントたちから聞いた話だが、アメリカでも獣人たちの立場は弱い。人間が人間を殺せば重大な罪を犯したとして裁かれるが、人間が獣人を殺した場合、罪の軽重を問うどころか、罰《ばつ》せられることすらないケースもあるという。

悪人を捕まえる人間、悪人を裁く人間、それらを統括《とうかつ》する人間、そのすべてが、獣人を人間以下の生き物と見ているのだ。

それがこの国の獣人の立場。もし彼らに獣人だとバレれば、何をされるかわかったものではない。

「……ここに獣人はいない。ここは彼らの先祖が、儀式の際に使っていた場所だ。今でも、それを大切にして住んでいる者がいる。それだけだ」

苦々しい顔で、横からウィルが声を絞り出した。

「ふーん？」

イワンはまたも無感情に応じ、わざわざウィルに歩み寄り、うつむきがちな彼女の顔を下からのぞき込んだ。

「あんたニーヨル族だろ。ここは居留地からだいぶ離れた場所にあるのに、出歩いてていいのかねえ」

「許可は得ている」

「あ、本当に？　そういえば、先住民が州と変なコネ作ったとかいう話も聞いたなあ。……まあ、どっちでもいいんだけど」

そんなもの、どうにでもできるという口振りだ。

「……とにかく、ここに彼らが住んでいるのは確かだ。もし強引に作業を始めるのなら、こちらも当局に訴える」

ウィルが目に力を込めて相手を見返すと、イワンはそよ風が吹いたかのように少し眉を動かし、「ま、いいでしょ」とだけ言ってクルリと後ろを向いた。

「交渉事《こうしょうごと》はノーと言われてから始まるから……。とりあえず、今日は帰ります。それじゃ」

平熱から一度たりとも動いていない無感動な声でそう言い残すと、イワンたちは車に乗って去っていった。

グレゴノとウィルが深刻げな顔を向け合い、それを見た獣人たちにも動揺が広がっていった。

ちらりと見た士郎の顔には、いつになく強い怒りと憎しみの兆しが浮かんでいる。

結局、この町も楽園などではなかったのだ。


次の日の朝。

ナタリアは町の子供たちと一緒に、ワカン・タルカのすぐ脇《わき》を流れる小川の水を汲《く》みに来ていた。朝昼晩の三回、水汲みをするのが子供たちの仕事だ。

「この川はワカン・タルカの生命線だ。この上流で工事でもされて水に影響がでれば、獣人たちは暮らしていけない」

手伝いについてきていたウィルが暗い顔でつぶやいた。

彼女は昨晩、遅くまでグレゴノたちと何かを話し合っており、その疲れが顔にはっきり残っている。しかし自分の発言で周囲の雰囲気が暗くなってしまったことに気づくと、慌てて笑顔を作り、川の流れに手製の桶《おけ》を沈めた。

「ここは昔、雨が降った時にしか水が流れない涸《か》れ川だったそうだ。しかも、近づくことも危険な激流になって、人々を苦しめていたらしい」

「今はこんなに穏やかなのに？」

ナタリアの疑問の声を待っていたように、ウィルは微笑んだ。

「わたしたちの祖先と獣人たちが力を合わせて上流にダムを作り、水の量を調節したんだ。おかげで、ワカン・タルカは水にも渇きにも悩まされることもなくなったという」

「へえ……。すごいですね、どっちも」

ワカン・タルカと瓜二《うりふた》つの町ニルヴァジールは、渇水《かっすい》に喘《あえ》いでいた。ここではそうした水の問題が解消されているのだ。獣人が人間と協力することによって。

彼は今、何を考えているだろう。あれから一言も口を利いていない。

（少なくとも……）とナタリアは川の下流にある、あの人間たちのキャンプ地を見やる。あそこに一人殴り込みをかけるような迂闊《うかつ》な行動は起こしていない。イワンが去った直後は極《きわ》めて危険な状況にあったと思うのだが、踏みとどまってくれたのか。

「あれ、オリカはどこ行ったんだ？」

獣人の子供の一人がそう言って、仲間たちを見回す。

「オリカは来てないよ」と別の子供が返すと、「サボりかあいつ……」「いけないんだー」「グレゴノに叱《しか》ってもらおうぜ」と口々に不満が噴き出した。

「大事な仕事を何だと思ってるんだ」

いっぱしの口の利き方に、ナタリアとウィルは思わず微笑みを向け合っていた。水汲みは子供たちにとって町の一員として果たすべき神聖な義務であると同時に、誇りなのだ。

しかし、これが極めて重大な事態を示していたことを、ナタリアは町に戻ってから知ることになる。

昨日のこともあって、ワカン・タルカの空気は朝から重苦しく沈んでいた。

だが、それでも、今ナタリアが見ているほど深刻な様子ではなかった。

広場では士郎やグレゴノ、他の大人たちが集まり、一様《いちよう》に硬《かた》い顔をうつむけている。

「何かあったんですか？」

ナタリアとウィルは慌てて駆け寄った。

「オリカがさらわれた」

声を押し殺して、グレゴノが言う。ナタリアもウィルも、言葉を失った。

「昨日、夕方の水汲みの時にやられたらしい。オリカは両親を亡くして、普段は他の家族と一緒だが、夜になると家で一人なんだ。だから朝まで誰も気づかなかった。これが町の入り口近くにあった……」

グレゴノは折り跡のある紙を差し出してきた。そこには、

——迷子を見つけたければ、早々にそこから立ち退《の》くこと。

と、几帳面《きちょうめん》な文字で書かれていた。

誰が犯人かは、疑う余地がなかった。

「俺たちが獣人だと、最初からバレていたんだな」

グレゴノが苦虫を嚙み潰したような顔で言う。

「昨日のは、敵情視察だったというわけか。どいつが手強《てごわ》い獣人か調べていたんだ」

「…………」

　無言で踵《きびす》を返した士郎を、ナタリアはぎりぎりのところで捕まえた。

「どうする気ですか、オーガミさん！」

「ヤツらをぶちのめして、オリカを助けてくる」

「一人じゃ無茶だ。ヤツらは銃で武装してる」

　グレゴノが思いとどまらせようとしても、「俺なら勝てる」と返すだけで、彼は前進をやめなかった。ナタリアが引きずられながら、

「あなたが飛び込んだ時点で、オリカが殺されてしまいます！」

　と叫んだことで、ようやく彼の足は止まった。ぎり、と奥歯を軋《きし》ませる音がした。

「だったらどうする。ヤツらの言う通りにするのか？」

　振り向き、凶暴な眼差しを向ける士郎に、グレゴノの冷静な声が応じる。

「こちらもオリカを取り返すことに異論はない。だが、無茶な突撃はなしだ。作戦を練ろう」

「わたしたちにも協力させてくれ」

　ウィルの申し出にグレゴノがうなずきかけるのが見えたが、

「これは獣人の問題だ。人間がかかわるな」

　という尖《とが》った声が先に飛んでいた。

「オーガミさん！」

ナタリアは咎《とが》める声を発したが、士郎は敵意に満ちた眼差しをウィル——いや、人間という存在に対して向けることをやめなかった。ここに来てから、彼の人間嫌いはさらに度合いを増していた。故郷に似たこの町が、皮肉にも彼の古傷をえぐっているようにすら思えた。

「……ウィルたちにも知恵を借りたい。頼めるか」

「ああ。力を尽くす」

士郎を一瞥《いちべつ》してから念を押すように言い直したグレゴノに、ウィルが首肯《しゅこう》する。彼らの結束は固く、そしてその判断は正しかった。

ウィルはみんなを前に、現状を確認するように切り出した。

「一番の問題は見張りだ。彼らは恐らく無線機を持っていて、今も町を見張っている。こちらの動きはキャンプにいるイワンには筒抜けだと思っていい」

「なら、見張りを先に倒しますか？」

ナタリアが訊く。

「いや、連絡が途絶えても、彼らは異変に気づく。そういう態勢を整えているはずだ」

ウィルにすぐさま却下《きやっか》され、ナタリアは唸《うな》った。狡猾《こうかつ》な連中だ。

「ヤツらのキャンプは川の下流方向にある見晴らしのいい高台の上だ。こちらの襲撃《しゅうげき》を警戒しているんだろう。だが、闇夜《やみよ》に乗じれば奇襲《きしゅう》は可能だ」

と、これはグレゴノの意見。

「しかし、見張りがいるわけだろ？」

話を聞いていた獣人が口を挟《はさ》み、またみんな唸り込んだ。

「逆に言えば、見張りの目さえどうにかできれば、わりとどうにでもなるということですか？」

ナタリアの発言に、周囲の獣人たちがはっと顔を上げる。ウィルは満足げに微笑んでうなずいた。

「そうだ。初動を隠せれば奇襲はたいてい成功する。いくら明かりを用意しても、獣人たちの夜目《よめ》の方がはるかに利く」

ナタリアは考えた。ここが正念場だ。ぶつぶつと口に出して思考を巡らせる。

「また囮《おとり》を使う……？　以前のヤギのような……いや、でも今回は……」

「ヤギとは何だ？」

こちらの独《ひと》り言を聞いて怪訝《けげん》な顔をするウィルに、ナタリアは以前使った目くらまし戦法を説明した。彼女はナタリアの話に耳を傾けながら、何かを確かめるように何度もうなずき、あごに手をやってこう言った。

「使えるかもしれない。わたしたちが持ってきたあれが」

それからウィルの提案した作戦に、その場の全員が乗った。

「あと、こういうのはどうでしょうか」

ナタリアがそれにアイデアを追加する。

「よし……決まりだな。今夜決行する」

グレゴノがそう言い、みなを強くうなずかせた。

一人、士郎を除いて。


「ナタリア。オーガミを知らないか？」

作戦開始間際《まぎわ》。宵闇《よいやみ》に沈みかけたワカン・タルカの広場を人々が忙《せわ》しなく行き来する中、グレゴノから言われた言葉に、ナタリアは心臓が大きく跳《は》ねるのを感じた。

「いないんですか？　まさか一人でキャンプに……⁉」

「いや、そういうわけではなさそうだが。すまないが、捜してきてくれないか。今は一人でも多く人手が欲しい」

「わかりました」

駆けだそうとしたナタリアの背中に「待ってくれ」というグレゴノの呼び止める声がかかった。何だろうと思って振り向くと、何か思い詰めたような彼の、うつむき気味の顔に夕刻の陰影が刻まれていた。

「オーガミは、憎しみに囚《とら》われている」

「……わかります」

ナタリアは静かにうなずいた。

「彼は人間だけでなく、獣人を取り巻く現実――この世界にすら、怒りと憎しみを抱いている」

否定する材料は何もなかった。

「彼はきっとそれだけひどいものを見てきたのだろう。だが、彼は……自分すら憎しみの対象にしてしまっている気がする」

「え……？」

問いただすようなこちらの目線に、グレゴノは「なぜかはわからない。だが、そう感じる」と諦めたように首を横に振る。

「我々はウィルたちと協力して事に当たる。しかしもし、彼がそれをどうしても受け入れられないというのなら……無理に連れてくることは、しないでやってほしい。こちらから見ても、オーガミは自らを危険な状態に追い込んでいる。我々のことで彼を苦しませたくない」

「……わかりました。でも、説得はしてみます」

ナタリアは今度こそ駆け出した。「すまない」というグレゴノの小さなつぶやきだけが聞こえた。

士郎はどこにいるのだろう。

町の中にはいないと察したナタリアは、岩場を離れ、さらに人間のキャンプ場とは別の方角を捜した。

出発間際にこの場にいないということは、彼はこの作戦を拒《こば》んでいるということだ。

そしてそうでありながら、高みの見物ができるような薄情な人ではない。

果たして、彼はいた。

平らな岩の上に、町にもキャンプ地にも背中を向けて、座っていた。

白々と輝き出したばかりの月が、彼の影を長く長く伸ばしている。

「オーガミさん。そろそろ行きますよ！」

何でもないことのように明るく、あえて無遠慮に、ナタリアは呼びかけた。

彼の肩がぴくりと動き、そして小さくなった。

「俺は行かない」

ナタリアは数歩、歩み寄った。

「何を言ってるんですか。グレゴノたちを助けないつもりですか？」

「人間と協力するなんてまっぴらだ」

「獣人の子供の命が――オリカの命がかかってるんですよ！」

ナタリアがそう言っても、士郎は動こうとはしなかった。

「そんなに人間が嫌いですか。人間と協力する獣人まで、嫌いですか？」

わかっていたことだ。彼はずっとそうだった。

「人間を嫌う理由はわかります。あなたの旅の始まりも聞かせてもらいました。それからあなたが何を見てきたのかも。わたしだってあなたの隣で人間を見た。彼らは身勝手で、一方的で、確かに獣人を攻撃していた。あなたは、そんな光景を千年もずっと見てきた……」

もう誰も許せない。誰も信じられない。そんなふうに思ってしまったって、誰が彼を責められる？　責められるべきは、彼をそこまで追い詰めた人間たちで、そして、そんな人間たちのいる世界だ。彼の怒りは、正しい。

「でも、今は、子供の命が、オリカの命がかかってるんです。なくしたら、取り返せないんです。今ならまだ、守れるんです。今、何もしなかったら、あなたはきっと後悔する。また苦しむことを一つ増やしてしまう。行きましょう、オーガミさん。ねえ！」

「俺だって、頭ではわかってるんだ！」

ナタリアの訴える声を、士郎の震える叫びが断ち切った。

「今は獣人の命を救うのが第一だ。グレゴノやおまえが正しい。人間とも協力すべきだ。使えるものは何でも使って、あの子を助けなきゃいけない！　頭ではわかってる！　体も、今すぐ飛び出していきたいくらいだ！　だけど……だけどな……！」

彼の拳《こぶし》が、地面に叩きつけられる。

「心が応《こた》えてくれないんだよッ！」

泣いているような悲痛な声。いや……きっと彼は泣いていた。

「行こうとすると、胸の奥が押し返してくるんだ。故郷を忘れるなって！　人間たちのしたことを思い出せって！　おまえはもうあれを許してしまったのかって！　俺は……ニルヴァジールが好きだった……！　守りたかった……！　あの時、俺にもっと力があれば……！　人間さえいなけりゃ……！　人間が……人間が憎い……人間が……」

「オーガミさん……」

人間を憎み、世界を憎み、そして自分すら憎んでしまっている。グレゴノのその言葉が、少しわかった気がした。

ナタリアは歩き出した。後戻りできない場所へ。士郎の背中に、一歩ずつ。

「あなたの怒りを、憎しみを、わたしも持ってます。わたしも故郷を焼かれて、仲間を失いました。千年苦しみ抜いたあなたに比べたらちっぽけな痛みかもしれないけれど、少しだけなら、あなたの気持ちが理解できる」

震える士郎の肩に手を置き、額《ひたい》を押しつけた。

「わたしは人間の文化に憧れていました。あなたについて回る中で、人間の音楽を聴き、料理を食べて、感動もしました。でも、同時に思い出してしまうんです。あの収容所でされたことを。残忍な彼らのことを。そんな人間たちが生み出したものに感動するなんて、おまえは彼らを許したのかって……」

息を小さく吸って、言った。

「でも。それでもわたしは、人間の文化には素晴らしいものがあると思う。素晴らしい人間もいると思う！　それを全部、憎しみに沈めたくない！　わたしは、わたしは、どんなにつらい過去があったとしても、どんなに苦しい記憶を持ったとしても……心は、自由でいたい！」

士郎の肩がびくりと震えた。

「だって、悔しいじゃないですか……。自分の心なのに、自分の好きにできないなんて。自分の自由にならないなんて……！」

いつの間にかこぼれていた涙を拭《ぬぐ》い、ナタリアは顔を上げた。

「わたしは戦いに行きます。たとえあなたが来なくとも」

伝える。

「あなたはずっと苦しみ続けてきた。その痛みは誰にも計り知れない。たとえ傷が治る不思議な体をしていても心は傷だらけです。そんなあなたに、今さら、まっさらな獣になれなんて言えない。でも、もし、今だけでも自由になれたなら……。助けに来てください。待ってます……」

士郎の背中に最後の言葉を投げかけると、ナタリアはその場を立ち去った。

グレゴノたちのところへ戻り、士郎が見つからなかったこと、それでも自分は作戦に参加することを告げ、彼らと共にワカン・タルカを発《た》った。

相手は銃を持った人間たち。たとえ忍び寄ることができたとしても、乱戦になれば無事に済むとは限らない。

誰かが――あるいは自分が、死ぬかもしれない。

それでも、やらないわけにはいかない。自分のためにも、そして彼のためにも。

月は陰《かげ》り、荒野を深い闇が覆《おお》い尽くそうとしていた。


「獣人たちの様子はどうだ？」

大西部油田開発機構に雇《やと》われた二人の元軍人は、高台から獣人たちの町を見下ろしていた。

「見てみろ」

双眼鏡を手渡された男は、拡大されたその光景に眉をひそめる。

「何やってんだあいつら？」

「ヤケクソで神にでも祈ってるんだろう」

相棒が言うことに異論はなかった。レンズの向こう側では、大きな焚火《たきび》を囲って二足歩行の獣たちが踊りを踊っているようにしか見えなかったのだ。もし、言い返すことがあるとすれば、

「あいつらに神なんていうのか？」

「いるんだろうよ。呪《のろ》われそうな藁《わら》でできたヤツがな」

嘲笑《ちょうしょう》する声を耳にしながら、男は広場の獣人たちを一人一人見ていく。

クマ型、オオカミ型、トラ型、サイ型……。リストにあった危険人物は全員確認できる。特

にあの眼帯の獣人。あれは戦争でも見かけた戦士の類《たぐい》だろう。もし襲撃を企《くわだ》てるのなら、参加しないはずがない。

だが、その獣人もアホみたいに焚火のそばで踊っている。

「ケダモノの考えることはよくわからんな」

男は笑って吐き捨てると、そばにあった無線機に向かって「異常なし」の定時連絡を発した。

荒野の夜風は思った以上に骨身に染《し》みる。

隠し持っていた愛用のスキットルからウイスキーをのどに流した男は、薄い毛布に悪態《あくたい》をつきながら、なぜこんな地球の外れに自分をよこしたと、神と雇い主を呪うことに専念した。


焚火を囲って、動物たちがダンスを踊っていた。

いつもなら楽しく、誇り高いその舞踊《ぶよう》が、今日ばかりは緊張のためにしなやかさを欠いていた。

眼帯をつけたクマ――の衣装を纏ったウィルは、目立つように、どこからでも見つけられるように、踊りの動作を大きくしながら、焚火の周囲をまわり続けた。

部族間の友好の祭り〝パウワウ〟。そのために持ってきた、偉大な動物たちを模《も》した伝統の衣装が、こんなところで役に立つとは。

獣化した獣人たちを見慣れていなければ、獣人たちの中にニーヨル族の者が紛《まぎ》れ込んでいるのを見破ることは困難だろう。特にグレゴノの独特の踊りは、いつだって一番近くで——隣で見てきた。本人よりも上手く踊れる自信だってあるくらいだ。

「無事に帰ってきてくれよ、みんな。グレゴノ……」

先祖が獣人たちと築き上げてきた長い交流の歴史に感謝しつつ、ウィルは出発した同胞たちの武運を祈った。


人間たちのキャンプ場は、荷台のついた何台もの車に囲まれていて、思ったよりも大きなものだった。

ナタリアたちは、まばらに生《は》えた灌木《かんぼく》に伏せるようにして、その様子をうかがう。

キャンプ地は平穏そのものだ。時折、酔っ払いじみた笑い声さえ聞こえてくる。

「よし、見張りには気づかれてないようだ。ウィルたちが上手くやってくれたな」

グリズリーに獣化したグレゴノが低く言うと、同行する仲間たちから安堵《あんど》の空気が漂う。しかしそれも束の間、「ここからが正念場だ。敵は銃を持っている」という彼の警句に、たちまち緊張感が呼び戻された。

弾の小さな拳銃程度なら、堅牢《けんろう》な肉体を持つクマ獣人やサイ獣人なら耐えられるかもしれないが、むこうはこちらを獣人と知って仕掛けてきている。獣人用の強力な銃器くらい用意しているだろう。その脅威《きょうい》について、ナタリアはすでに彼らに説明済みだ。

「手順はわかってるな」

「はい」

短く答え、ナタリアはうなずいた。

グレゴノたちがキャンプを襲撃し、一騒ぎ起こす。その裏でナタリアがオリカを救出するという、陽動《ようどう》作戦。

戦えないウィルたちを含めれば二段階の陽動作戦。小柄で小回りが利くことと、人間との攻防に慣れていることの二点からだ。ニューヨーク港でギャングから銃を乱射されても生き延びた経験を買われたのは、少し因果《いんが》な気がしたが。

「月が陰っている今がチャンスだ。君が入り込んだのを見計《みはか》らって我々も動く」

「銃には十分気をつけてください」

ナタリアは獣化した。

ばさばさと髪が抜け落ちていき、ハダカデバネズミの本領が表れる。

肌《はだ》の感覚が鋭くなり、顔に当たる風からも様々な感触が読み取れるようになった。

故郷にあった書物の中で、髪を綺麗に着飾った少女の写真を見てから、ナタリアはこの獣化した自分の姿があまり好きではなくなった。

人間に戻ればまたすぐに生えてくるとはいえ、この丸坊主の自分が、ひどく醜《みにく》く、みっともなく思えたのだ。旅を始めてから一度も獣化したことはない。彼に見られたくなかったのだと、今ならわかる。

しかし現状、そんなことは言っていられない。頼りの銀狼はいない。自分のすべての力を使い尽くして、戦わなければならない。

ナタリアは地を這うように闇夜を走り、キャンプ地の裏手に回り込んだ。

ここまでは順調。ワカン・タルカに張りつかせた見張りをよほど信頼しているのか、こちらの警戒が薄いのが肌を通じてわかった。

オリカ――というより獣人の臭いを探る。

「…………?」

奇妙だった。獣人の臭いが、一つではない……？

慌てて、ワカン・タルカの町由来《ゆらい》の臭いからオリカを捜し直す。

見つけた。金属とゴムの臭いに囲まれた……これはきっと、車の中だ。

ナタリアは気配を殺しながら、多数の車が止めてある場所へと忍び込んだ。

が、ここではない。

人間たちのテントの近くに止まった車が怪《あや》しかった。大きな荷台があり、その中からちょうど、すすり泣く小さな声がくぐもって聞こえた。間違いない。あそこにいる。

動こうとした矢先に、つま先が何かとぶつかった。甲高《かんだか》い音を立ててそれが転がっていく。

投げ捨てられた空き缶だった。

「誰だ⁉」

音を聞きつけた人間がライトの光を向けてくる。ナタリアのすぐ横に光の円が落ちた。

咄嗟《とっさ》に近くの灌木に身を伏せたが、光を直接当てられれば簡単に見つかってしまう程度の対応でしかない。

（し、しまった……！）

痛恨のうめきが胸の中を満たした時、地面に落ちた光の輪の中に、自らぴょんと飛び込んだ影がある。

「カァ」

クロだ。

「何だ、カラスか……。驚かせやがって」

人間が舌打《したう》ちして、クロに砂をかけるようにざっと地面を蹴った直後、キャンプの反対側で銃声が鳴り響いた。

「な、何事だ⁉」

グレゴノたちが突入したのだ。人間は血相《けっそう》を変えて、銃撃音のした方へ走っていった。

「クロ、ありがとう」

「カァァ！　グェェ……」

思わず強く抱きしめすぎたか、クロが悲鳴を上げて足をばたつかせる。その羽の柔らかな感触に気を取り直し、ナタリアは意を決して車の荷台へと近づいていった。

閃光《せんこう》を伴《ともな》った銃撃音と同時に、地面から跳ね飛ぶ小石の欠片《かけら》が毛並みを叩く。

重要なのは人間たちをこちらに引きつけることだとわかっていても、暗闇《くらやみ》のはるか奥へと逃げ去りたがる足を抑えるのは一苦労だった。

「散らばれ！　立ち止まるな！」

グレゴノの叱咤《しった》に応え、同胞たちが闇夜を駆けまわる。

狙《ねら》いは定まらずとも、ばら撒《ま》かれた鉛玉《なまりだま》がすべて体の横を通り過ぎていってくれる保証などこにもない。肉弾戦では常《つね》に優位に立ってきた獣人が、正面切っての戦いで人間に脅威を感じるようになったのはいつからだろう。弓や槍の時代では、獣人の子供でさえそうそう彼らの手にかかることはなかったというのに。わかりっこない思考を巡らせながら、グレゴノは再度突進の素振りを見せて、人間に牽制《けんせい》の無駄弾を吐かせてみせた。

(追い詰めすぎれば、人間たちはオリカを盾《たて》に取る)

軽くちょっかいを出して追い払われる程度が理想。あまり時間をかけすぎれば、これが陽動だとバレかねない。

(しかし)

地面を弾けさせる弾丸が近づいてくるのを直視し、毒蛇《どくへび》に追われる気分を味わったグレゴノは、ライトの当たらない暗闇へと逃げ込んで、大きく息を吐いた。

（これ以上は、こっちがもたないな……！）

攻撃は最大の防御《ぼうぎょ》。それはつまり、相手に防御しかさせないことがもっとも安全ということ。今やっているのは、その真逆だ。

ナタリアがキャンプに潜り込んでだいぶ経《た》つ。すでに人質を発見しているか、あるいは脱出までしてくれている段階と信じて、グレゴノは攻勢に出る決断を下した。

「おりゃあ！」

人の頭部ほどもある小岩を投げつける。銃器のような複雑な武器を作れずとも、獣人には古来、一撃必殺の武器がそこらに転がっているのだ。

「うわっ、危ねえっ！」

「クソッ、どこからだ。そこか！」

投石に反応した人間たちが、一斉《いっせい》に闇夜の一角へと銃弾をばらまく。

銃撃の一部に隙間ができた。その死角を衝《つ》いて躍り込んだバッファロー獣人のバルが、人間たちを次々に撥《は》ね飛ばす。

「いいぞ、バル！」

慌てて後退しようとした最後の一人も、車の陰に潜《ひそ》んでいた別の獣人によって倒され、グレゴノたちはようやく一息つけた。

「ひょっとして、全員やっつけちまったのか？　最初からこの手でよかったかもな」

バルが自慢の角《つの》を撫《な》でながら鼻で笑う。

「まだ油断するな。銃って武器は、指一本生えてれば人を殺せる」

グレゴノがそう言って、テントの方へ向かおうとした時だった。

星空に四角い穴が開いた。

「⁉」

夜空を削り取りながら、人間の車が降ってきたのはその直後。

「ぐわあ！」

「バル！」

直撃こそ逃れたものの、不規則に跳ねた車が油断していたバルを巻き込んで吹っ飛ばす。

地響きを伴うような巨大な一歩が、グレゴノの足元から骨身を揺すった。

そうして、車が吹っ飛んできた方向から現れたのは――。

「獣人だと……！」

人間の、恐らく最大サイズの野戦服に身を包むのは、鋭い双眸《そうぼう》のカバ獣人だった。

厚ぼったいまぶたの下の小さな目に強烈な殺気を読み取ったグレゴノは、直《ただ》ちに彼が味方になり得ない存在であることを悟る。

「獣人の兵隊もいたのか！　道理でイワンが余裕ぶってるはずだ！」

叫びながら殴りかかる。自然界ではまずありえないクマとカバの一騎打ちは、身を屈《かが》めて初撃をやり過ごしたカバが、クマの足元を両腕で摑《つか》み上げて投げ飛ばす形で終了した。

「てめえ、この野郎！」

チーター獣人が背後から飛びかかるが、牙を突き立てるすんでのところで首を鷲摑《わしづか》みにされ、地面に叩き伏せられた。悲鳴も上げられずに白目を剝いた仲間の顔を、ふらつく頭で見せられたグレゴノは、相手が極めて優秀な戦士であることを思い知った。

そして戦士なら、勝機を前に棒立ちなどするはずもない。

カバ獣人は落ちていたマシンガンを素早く拾う。巨大な腕と手で意外なほど緻密《ちみつ》に構えてみせた姿勢から、彼が人間たちの戦場に加わって銃器を扱ってきたことがはっきりわかる。

（やられる！）

冷たい血が全身を駆け巡り、銃撃を覚悟した筋肉がみしりと内側に向かって収縮した、その時。

——ウオオオオオオオオオンンン……。

まるで空から降ってくるような狼の遠吠えが、カバ獣人の引き金を鈍らせた。

次の瞬間、流れ落ちた五つの星の尾が、マシンガンをど真ん中から真っ二つにかち割る。

爪だ。金属を悠々と切り裂くほど鋭く強靭な爪。

驚いて後ずさったカバ獣人を前に、その男はうずくまった姿勢から悠然《ゆうぜん》と立ち上がってみせた。

雲に隠れていた月が荒野を、灰色の獣毛を持ったその男を照らす。

銀色に輝く狼が、そこにいた。


時は少し遡《さかのぼ》る。

ナタリアが去っても士郎はその場から動けないままだった。

彼女が言ったことは正しい。そして賢明だ。彼女に従うべきなのははっきりしていた。しかし、そこまでわかっているのに。彼女の説得にもう十分、納得しているのに。どうしてもその行動が取れない。

意地を張っているとか意固地《いこじ》になっているとかそんな表面的な話では済まない、心の芯の硬直——いや化石化と言ってもいいほどに決定的に固まってしまった部分が、士郎の足をその場に張りつけて動けなくしていた。

やがて遠くから銃声が聞こえてきた。間近《まぢか》で聞けば頭が揺さぶられるほどの轟音《ごうおん》でも、これだけ離れていれば小さな破裂音にまで矮小《わいしよう》化される。けれどその中で、戦っている者が、確かにいる。彼らの命が、今、危険に晒《さら》されている。あの少女も。

「何をやってるんだ、俺は……」

両足に力を込めて立ち上がる。だが、それ以上の動きは、心の鈍重《どんじゆう》さが許してくれなかった。

絶望的に体が重い。気力も湧《わ》いてこない。これでは、たとえ戦場にたどり着いても彼らの邪魔になるだけだ。いっそ、ここで無様《ぶざま》にうずくまっている方がよっぽど——。

「あっ、いた！」

思いがけず後ろから響いた声に、士郎はぎくりと全身を硬直させていた。

「あ、あの、オオカミの、旅人さん……」

士郎は肩越しにわずかに振り返り、視界の端ぎりぎりに、幼《おさな》い獣人の少年が立っているのを見た。ここまで来るのに獣人の力を必要としたのだろう。彼はヒツジ獣人の姿となっていた。広場でもよく見かけた子供だった。

「グレゴノたちは行きました。あなたは、その……一緒に行ってくれないんですか？」

士郎は答えず——答えられず、ただ少年を見つめ続けた。その眼に耐えられなかったのか、少年はうつむき、何度も言葉を口ごもらせたが、やがて意を決したように頭を下げた。

「お願いします！　オリカを助けてください！」

胸の奥が軋んだ。干乾びてねじくれた心が痛かった。こんな子供に何を言わせている。頼まれるまでもなく、なすべきことなのに。だが、それでも拒否して、無言を貫いた。

ちらと様子を見るように顔を上げた少年が、不意に、士郎の前に回り込んで来る。近づかせまいと張っていた気をあっさり踏み越えて。

「これ、ぼくの宝物、あげますから……！」

「……！」

士郎ののど元を、引きつったような風が吹き抜けていった。

「これ、は……」

「広場であなたが、何だかよく見てるみたいだったから。欲しいのかなって」

士郎は小さく震える手でそれを受け取った。

ヒツジの人形だった。装飾の施《ほどこ》された、手製の。

士郎がニルヴァジールで、ナキに渡し損《そこ》ねたものと、そっくりの……。

胸の奥から何かが滾々《こんこん》と湧き出てきて、乾いた部分を濡《ぬ》らしていった。

「……綺麗だな」

士郎はつぶやくように言っていた。

少年はぱっと顔を輝かせ、

「うん！　飾りが繊細《せんさい》で綺麗なんだ。すごく好き。ニーヨル族の友達が作ってくれたんだ」

（あああ……！）

両目から何かがこぼれそうになるのを、士郎は必死にこらえなければならなかった。

故郷によく似た町で、友達によく似た獣人と出会い、渡せなかった人形が、今ここにある。

見られなかった顔が、見たかった顔が、ここには、まだ、あるのだ。

これは何だ？　何かの幻《まぼろし》なのか。それとも、これは千年後に巡ってきた何かの機なのか。

もしもう一度やり直せるなら……。いや、そんなことはできやしない。ここはニルヴァジールでもなければ彼はナキでもない。だがそれでもいい。言い訳でも、幻でも、何でも。ここで本当に、あの時の約束を果たせるのなら……。

「これはおまえに持っていてほしい」

「えっ、でも……」

もし。

「大切にしてくれれば、それでいい」

少しだけ、自分を許していいのなら。

「じゃ、じゃあ、オリカは……？」

自由に、なっていいのなら。

「ああ。少し準備に手間《てま》取っていただけだ」

助けに行くよ。みんなを。

今度の約束は、ちゃんと守る。

「オリカ……オリカ、いるの？」

幌《ほろ》付きの荷台の暗がりに呼びかけると、くぐもったうめき声が返ってきた。

「ナタリアよ。待ってて、今助けてあげるから」

オリカは荷台の奥で、縄《なわ》で縛《しば》られた上に猿ぐつわを噛まされて、転がされていた。

それらすべてを強力な前歯で噛み切ると、怯《おび》え切った少女はナタリアの胸に飛び込んですすり泣いた。その背中を撫でてやりながら、

「大丈夫。すぐに脱出しましょう」

「あ、そうはいきませんよ」

自分の声に続いたねちっこい声に、ナタリアは弾かれたように背後を振り向いた。

ライトが照らす幌の外に、銃を構えたイワンが立っている。

(気づかれた！)

ぞっとして言葉を失うナタリアに、無感情な声が告げる。

「大人しく出て来てください。まさか本当に取り返しにくるとは、知恵のない野蛮人《バルバレイ》だ。

………あ、やっぱりいいです。我ながらまだるっこしい手を使ってしまったと反省していたところだったので、逆に吹っ切れました。あの集落ごと全員死んでもらいますね。我々、発破《はっぱ》用の火薬をたくさん持ってきてますから、死体の処理は別に困らないので」

「……‼」

あまりにも冷酷な発言に、頭も手足も凍《こお》りついた。なぜ、同じヒトを相手にここまで残忍なことが言えるのか。これが本当にウィルと同じ人間だとは、到底《とうてい》信じられない。

それでも、向けられている拳銃と、その殺傷力は本物だ。

あの銃口から飛び出る小さな弾が、たやすく自分を殺し、オリカも殺すだろう。

ほんの数センチしかない、血も涙も通っていない鋳造物《ちゅうぞうぶつ》が、何の苦労もなく命を奪っていくのだ。こんな理不尽が、こんな残虐が、許されていいのか。

しかし、抵抗する力もなければ、手段もない。

死はいつだって獣人のそばにある。すっと一線を越えて歩み寄られただけ。

自分の死を、認めるしかない――そう思った、刹那《せつな》。

――ウオオオオオオオオオオオンンン……。

その懐《なつ》かしい遠吠えが、ナタリアの心臓から灼熱したような血液を全身に送り込んだ。

来てくれたんだ！

それだけで十分だった。ナタリアの心は一瞬にして、死の呪縛《じゅばく》から救われていた。

オリカの肩を掴むと、手加減する余裕もなく荷台の上に叩き伏せる。キャッという悲鳴と同時に荷台の奥の闇に押し込むと、すぐさま姿勢を低くして踵《きびす》を返した。

「貴様ッ！」

イワンが発砲する。うつ伏せになったオリカの周囲で火花が散り、悲鳴を上げた彼女が縮《ちぢ》こまるのが空気でわかったが、この光源の位置からして、相手から幌の中はまず見えていない。

ナタリアはさらに加速し、荷台の端につま先を引っかけて全力で前に飛び出していた。

ガツンと目の中で火花が散った。

渾身《こんしん》の頭突《ずつ》きがイワンの細い鼻っ柱を完全にへし折った感触が、頭頂部に残った。

ノークッションの一撃。髪がある時より、いくらか効《き》いただろう。

「オリカ、逃げましょう！」

顔を押さえて悶絶《もんぜつ》するイワンを放置して、ナタリアはオリカと一緒に駆け出した。

「待て！　このケモノ野郎！」

すぐにイワンの声が追ってくる。非力な見た目に対し、痛みには耐性があるようだった。

きつく手足を縛られていたせいで、オリカの足取りは弱々しい。ほとんど抱えるような体勢では、追いつかれるのも時間の問題だ。

岩壁に突き当たり、ナタリアは足を止めた。その後ろから向けられたライトの光が二人分の影を壁に映し出す。

「そこまでだな」

振り返ると、ライトの光に体の半分を溶かし、ねじ曲がった鼻から血を垂《た》れ流しながら、いびつな笑みを向けてくるイワンの姿がある。

猛烈に怒り猛《たけ》っている。それだけははっきりしていた。

「人間様をナメた罰《ばつ》だ。楽に死ねると思うなよ、このケダモノが」

「あなたは間違っている」

ナタリアは向けられたライトの光により、一瞬だけ、足元に糸のように細い水が流れているのを確認すると、イワンに言い放った。

「我々はケダモノではありません。ヒトです」

「ああん？　何を言ってんだ！　おまえらのどこがヒトだってんだよ、バケモノが！　ヒトがそんな獣《けもの》じみた姿になるか！　動物みたいな馬鹿力が出せるか！」

口振りどころか顔面の基本造形まで変形するほど激昂《げっこう》し、いつ引き金を引いてくるかもわからない怖さはあったが、ナタリアの気持ちは落ち着いていた。

すでに、するべきことは終えたのだから。

後は、ビシッと言ってやるだけだ。

「彼らも、最後には我々を、自分たちとは別種の人類だと認識していました」

「何だと？　何の話をしてやがるんだ、貴様は⁉」

「戦争の話です」

「な……⁉」

こちらから物騒《ぶっそう》な単語が出たからだろう。イワンが鼻白《はなじろ》むのがわかった瞬間、ナタリアは勝利を確信した。

「だから彼らは考えを改めたんです。獣人は実験動物ではなく、相応の知恵と思考力を持つ、決して動物と同じくくりでは考えてはいけない脅威だと。彼らは理解したんです、甘く見れば、痛い目を見るのは自分たちだと」

靴に水がぶつかり、音を立てる。

イワンがぎょっとして、足元にライトを向けた。

さっきまでほんのわずかしか流れていなかった水が、今はこの場の三人の足元に広がっている。

「知恵がある以上、我々も策を練るんですよ」

轟音。

突如《とつじょ》、とてつもない水量の鉄砲水がナタリアたちを襲った。

イワンが悲鳴を上げられたかどうかなど、気にもしなかった。ただ大きく息を吸い、オリカと抱き合ったまま体を屈めて、激流に体を呑み込ませる。

錐《きり》もみ状態になって上も下もわからない中、水面に浮き上がろうともがき、無駄に酸素を消費する必要はなかった。ただただ息を止め、その時を待つ。

逆巻く水流はすぐに安定した流れを取り戻した。同時に、するりと何かが体の下に入り込んできた感触がある。それが、ナタリアたちを水面へと一気に浮上させた。

「ぷはっ！」

ナタリアとオリカは大きく口を開けて、新鮮な空気を肺に取り込んだ。

「お疲れさん！　よくやったな！」

「このまま適当な場所まで流されるぜ。しばらく休んでてくれよ！」

彼女たちを下から支えているのは、ビーバー獣人だった。彼らは上流で水量を調整しているダムの管理人だ。オリカを回収したナタリアが速やかにキャンプ地から脱出できるように、水を解放した。それが、ナタリアの作戦だった。

「イワンは？」

ビーバー獣人たちに身を任せながら、ナタリアは訊いた。

「さあね。だが運よく生き残っていても、もう何をする力もないさ」

この激流を泳ぎ切れるのは、動物の力を持つ獣人だけ。彼らの口調には、そんな自負が込められていた。

「ウゥゥゥオオオオオオ！」

丸太のような腕が振り抜かれるたび、地面から砂塵が舞い上がって拳の軌道をなぞっていった。

丸い爪には鋭さこそないが、人間で言えば鉄塊《てっかい》を拳にはめているに等しい。生半可《なまはんか》な力量の獣人が受け止めれば、ガードした腕ごと胴体の骨をもっていかれるのは目に見えていた。

しかし。

突進力も上乗せされた戦車の追突のような打撃を、士郎は足の裏で地面を削りながら後方に十数メートルも滑り、受け止めてみせた。

「おおお！」

相手の腕を摑み直し、そこから頭上を大きく経由させて、地面に叩きつける。

轟音と共に硬い地表にカバ一人分のへこみが生まれ、一瞬遅れて同心円状に砂ぼこりが舞い上がった。

「やったか⁉」

グレゴノたちの声が聞こえた瞬間、土煙《つちけむり》を突き破ってカバ獣人の手が士郎の顔を鷲摑みにする。

「がっ……⁉」

足が地面から離れ、視界に夜空が広がった。一瞬後、今度は士郎が宙にアーチを描き、後頭部から地面に叩きつけられていた。

「野郎……！」

士郎は顔面を摑まれたまま、カバ獣人ののど元を摑み返した。そして再び相手を高々と持ち上げ、地面にめり込ませる。

「ぬうううぅッ！」

「おおおおおあああッ！」

両者は同時に咆哮した。

連続する轟音と激震。舞い上がる砂塵。士郎が叩きつければ、次はカバ獣人がやり返す。カバ獣人が叩きつければ、次は士郎がやり返す。交互にお互いの顔面を叩きつけながら、車輪のように人間のキャンプ場を一周してきた二人は、グレゴノたちが待つ元の位置に戻った瞬間、最大級の腕力で同時に相手の顔を地面へと叩き伏せ、その衝撃で両者同時に空へと吹っ飛んだ。

「な、なんて戦い方だ！　バケモノかオーガミ⁉」

「それが味方に言うことか！　ヤツに言え！」

グレゴノの感想に悪態をつき返し、士郎はカバ獣人を睨《にら》みつけた。

こちら同様、相手の姿もこれまでの格闘でボロボロだ。だが、その双眸はまったく闘志を衰《おとろ》えさせていない。

「ヌウウウウウン！」

カバ獣人が突進してくる。

「カバ獣人が図抜《ずぬ》けて強靭なのはわかっていたが──」

手と手で組み合って、押し合いの体勢になる。力の均衡《きんこう》も数秒。踏ん張っていた士郎側の地面が砕《くだ》け散り、体が吹っ飛ぶように後ろに押し流される。

「ここまで手強《てごわ》い相手はそうそういない！」

思わず叫んでいた。

「どうしておまえほどの戦士が、人間の手下なんかやっている！」

「……戦士だと……？」

くぐもった声が返ってくる。手を掴み合ったカバ獣人の握力が、一瞬弱まった。

好機。

士郎は後方へと押し流されながらわざと後ろに倒れ込むと、腕を思い切り振り上げて、カバ獣人を前へとつんのめらせる。

「うおおおお!」

両腕を封じられて受け身が取れなくなったカバ獣人は、顔面から地面へと飛び込んだ。これまでの突進の勢いがそのまま乗算され、ハードランディングした彼の顔が十数メートルに渡って荒野を削っていく。

「とどめだッ!」

一人滑っていくカバ獣人に走って追いつくと、士郎はその首に渾身の回し蹴りを叩き込んだ。

狙い、タイミング共に完璧《かんぺき》。

しかし。

「なにッ!?」

蹴りの衝撃で吹き上がった砂塵の奥に、小さく発火する双眸があった。

士郎の足は、両腕を交差させたカバ獣人に受け止められていた。十字のガードを解き、片手で士郎の足を掴み、もう片方の手は拳を握りしめる。指の中で圧縮された空気がメリメリと音を立てて軋んだ。

最大級の反撃が来る。士郎の背中が焦燥《しょうそう》で一気に熱を持ったその刹那――。

カバ獣人の鋭敏な動きに不可解な戸惑いが混ざり込んだ。

「――!?」

士郎は見た。相手の瞳の中に、すぐ足元に落ちていた人間のマシンガンが映っている。

そして理解する。こいつは迷ったのだ。この拳で叩き潰すか、銃を手に取るべきか。

生粋《きっすい》の獣人ならば、迷わず己《おのれ》の肉体を駆使するべきその瞬間に。

「バカ野郎ーッ!」

その一瞬が命取りになった。士郎は摑まれていた片足を引き抜くと、地面を破裂させる勢いで地を蹴り、全力の拳をカバ獣人の横っ面《つら》目がけて撃ち放っていた。

刹那の葛藤《かっとう》は、相手にとっても衝撃だったのかもしれない。己の力を信頼しきれなかった。銃の方が強いと感じてしまった。

心が定まらない獣は、戦えない。

何の防御態勢も取れないまま拳で頰《ほお》をぶち抜かれ、真下の地面に叩きつけられた獣人は、その圧倒的体重と衝撃を大地に受け切らせず、大きくバウンドした。

そして砂ぼこりを纏いながら数メートル上昇し、手足をだらりと伸ばしたまま、受け身を取ることもなく、墜落《ついらく》する。

「獣人の誇りをなくしたおまえに、こんな牙は不要だ」

仰向《あおむ》けに倒れ込んで身動きしないカバ獣人の下あごを踏みつけ、牙を摑むと、士郎は吐き捨てるように言い放った。この敵は戦士などではなかった。ただの人間の手下だ。

しかし。

受け容《い》れることのできない、決して容認することのできない相手だった。

「確かにそうだ」

「……?」

返る声に込められた諦念に、士郎は眉をひそめた。

「その獣人の誇りとやらのために戦い、俺以外の仲間はみんな死んだ。生き残った者たちを助ける条件が、人間たちの下で働くことだった。それが、誇りなんぞを掲《かか》げてみなを死に追いやってしまった俺にできる、唯一の償《つぐな》いだ。……カバの牙など、持っていきたければ勝手に持っていけ」

「………」

急速に覇気《はき》をなくしていく小さな瞳をしばらく見下ろし、士郎は手を離す。

「おまえの牙は折れていない」

「何……?」

この獣人は、まだ戦っている。

背を向けながら、伝えた。

「おまえの臭いは覚えた。もう少し耐えろ。……用が済んだら、次はおまえを助けに行く」

「フン……」

カバ獣人は疲れた笑みを浮かべ、「まるで、伝説の銀狼気取りだな」とつぶやくと、意識の糸を手放したように静かになった。

「カァ、カァ」

星空が鳴いた、と思ったら、カラスが降りてきて士郎の肩にとまる。

ふと見ると、ビーバー獣人に守られるようにして、ナタリアと、獣人の子供の姿があった。

グレゴノや他の獣人たちも起き上がって、彼女たちを迎える。

士郎がふっと微笑むと、ナタリアも笑った。

「帰るか。ナタリア」

「ええ、帰りましょう。オーガミさん」


仲間を無事に取り返したワカン・タルカは、歓喜に沸いていた。

人間たちの武器類はあらかた破壊し、車も大きな一台を残して使用不能にしてある。恐らくはほぼ全員が息を吹き返しただろうが、今から逃げ去る以外の何ができるはずもない。

というわけで、本来やる予定だったパウワウがそのまま勝利の宴《うたげ》となっていた。

人間も獣人も一緒になって部族のオリジナルダンスを披露《ひろう》するお祭りは、初めて見るナタリアの心をかつてないほど弾ませた。動物を模したニーヨル族の衣装のせいもあって、人間も獣人も区別がつかない。みんな、同じだった。

士郎と並んで石のベンチに座り、その様子を眺めていると、隣にグレゴノとウィルがやってきた。

「オーガミ、ナタリア、聞いてほしいことがある」

グレゴノが言った。ウィルがいつもより彼の近くにいるのが気になった。

「我々はワカン・タルカを出る」

殴りつけられたような顔で、士郎は彼を見返した。グレゴノはつらそうに目を伏せた。

「イワンのような人間たちはまたやって来るだろう。いや、実はもうすでに、何度も来訪を受けている。今回のような大事《おおごと》にまで発展したのは初めてだが……。次はもっと強硬な手段を取る人間がやって来るだろう。そうなった時、もう仲間たちを守り切れない」

「だったら俺が、おまえたちを守る。いつまでだって守ってやる。だから……」

士郎の声は懇願《こんがん》するようでもあった。彼にとってもここは大切な場所なのだ。

「それでも、いつかは守り切れなくなってしまう。ここに住む限り、獣人に安息はない」

うなだれたグレゴノの代わりに口を開いたのは、ウィルだった。士郎はぎりと歯を食いしばり、彼女を睨みつけたが、

「ウィルの言っていることは間違っていない。彼女も、我々との別れを悲しんでいる。どうし

ようもないんだ。どうしようも……」

グレゴノが悄然《しょうぜん》とした顔で言うのを聞き、士郎はうつむいた。怒りを散らすような大きなため息を吐き、「わかった……」とひどく小さな声で言ったのが聞こえた。

「このパウワウも、しばらくできなくなるな」

「必ず、またやる」

寂《さび》しそうに言ったグレゴノの声を、ウィルの声が追った。二人は手を固く握り合ったまま、体を寄せ合っていた。きっと二人は恋人同士だったのだ。獣人と人間の。

彼らから目をそらし、火の粉の舞う広場を見つめたナタリアは、誰にともなく訊いていた。

「獣人と人間は共存できないんでしょうか？」

独り言めいた嘆《なげ》きに、答えはすぐ返ってきた。

「できる。事実、我々はそうしてきた」

ウィルだった。ナタリアはさらに言う。

「わたしはあちこちで獣人と人間を見てきました。人間は確かに獣人を迫害します。でも、獣人が悪いこともあったんです。獣人は粗野《そや》で、乱暴で、しかもそれを自覚できていない。二つの種族は、まるで相容《あいい》れない」

「それは、その獣人たちが人間と出会ったばかりだからだ。お互いが馴染《なじ》むためには、どうしても時間が必要になる」

「時間ですか……」

ナタリアはちらりとウィルを見た。彼女も少し身を乗り出すようにして、こちらを見ていた。

「人は、大きな声を上げ、自ら手を突っ込んですぐに世界を変えなければと思う。時間が解決してくれることを、敗北だと感じてしまう。しかし、そうではない。わたしの故郷では、この服の青を作るために、特別な花を育てていた。何世代にもわたって、良い花同士を交配させていくんだ。それは急激にやってはいけない。長い時間、じっくりと待たなければいけないんだ」

「俺たち獣人は」とグレゴノが言った。

「言い伝えによれば、自身に宿る可能性を一つ使った者たちだと言われている。そうして信仰する獣の姿を手に入れた。だが、それですべての可能性を失ったわけではない。獣人たちは、まだまだ自分たちを変えていけるんだ」

彼の視線がウィルへと移り、彼女を微笑ませた。肩が少し動いたのは、手を握り直したからだろうか。

「人間も、変われる」

ウィルが優しく言った。

「人間は幼い頃はとても弱く、大人になっても個人差が大きい。鍛《きた》えなければ弱いままだし、学ばなければ無知のままだ。なぜ、そうなっている？　最初からすべて揃っていれば楽なの

「人間の能力に〝余白〟があるのは、時代に対応するためだ。その時に必要なものを詰め込めるよう、天は人間を隙間だらけの生き物として創《つく》った。今、我々の一族も、獣人たちも、都市の人間たちから疎《うと》まれ、攻撃されている。だが、状況は必ず変わる」

声に熱が入る。

「人間は変わらない。今も昔も卑怯《ひきょう》なままだ」

士郎の冷厳な声に応えるように、広場の薪《まき》が大きく爆《は》ぜた。

いまだ頑《かたく》なな彼に、グレゴノは穏やかに同意を告げた。

「怒りは我々にもある。彼らさえいなければと。ニーヨル族にも、都市の人間たちにそう感じる者たちがいる。しかし、それは正しい世界ではない」

「正しい世界？」

ナタリアはたずねる。グレゴノは鷹揚《おうよう》にうなずき、

「彼らがいて、我らがいる。それがこの世界の本当の姿なのだ。何かを消し去ってしまうことは正しくない。世界を受け容れ、変わらなければならない」

「受け容れて、変わる……」

繰り返す言葉が、すっと胸の奥に沈んでいった。

「それは何かを手放すことになるかもしれない。しかし、子供が成長するにしたがって玩具《おもちゃ》を

手放すように、必要なことなのだ。相手に屈することでも、悪でもない」

「納得できるか。そんなこと……」

吐き捨てるように言った士郎の言葉が、ナタリアには重く響いた。

士郎は確かに助けに来てくれた。だが、彼の見る世界は今も何も変わっていない。それでは、彼も変われない。

彼に必要なものと、必要でないものが、わかってしまった。

自分がそのどちら側にいるのかも。

獣人とニーヨル族のお祭りは、衰えることのないまま夜遅くまで続いた。

これが最後だからと、みんなもう、わかってしまっているみたいに。

オリカと、人間の子供がナタリアを踊りに誘った。

彼らのダンスなんて知っているわけがない。けれど、見よう見まねで踊った。

楽しかった。本当に、楽しかった。


翌朝。朝焼けと共に、グレゴノたちは町の入り口に集まっていた。

「北を目指すよ」

グレゴノは言った。

「必ずまた会いに行く」

ウィルはそう返した。

誰もが別れを惜《お》しんで、互いに抱き合ったり、涙を流していた。

「新しい住処《すみか》が見つかるまで、俺たちも護衛としてついていく」

士郎がそう言い、ナタリアを見た。

「行くぞ。ナタリア」

「わたしは行きません」

「えっ？」

その返事に、士郎は動揺したように肩を揺らした。

「昨日、話し合って決めました。わたしはウィルたちと残って、彼女の伝手《つて》で都市へ向かいます。だから、ここでお別れです」

「お、おい……？」

自分のことで戸惑う彼を見るのは新鮮だったが、できることなら、こんなことで見たくはなかった。

「あなたを救いたかった」

ナタリアは、真《ま》っ直《す》ぐ士郎を見て言った。

「何だと？」

「あなたの憎しみを、少しだけれど理解できるわたしなら、それができるかもしれないと思った。いつまでも一緒にいて、支えてあげたいと思った。でも、それでは、ダメ」

悲しい笑いが浮かんだ。

「わたしでは、たとえあなたに寄り添えたとしても、二人で同じ怒りの底に沈んでいくしかない。あなたに必要なのは、わたしじゃなかった。あなたに本当に必要なのは——」

怪訝そうに眉間のしわを深め、彼は続く言葉を待っていた。

「まっさらな人。怒りも絶望も吹き飛ばしてくれる、希望と可能性にみちる人。これから何にでもなっていける人。それはわたしじゃない。わたしも、まっさらな獣には、なれない」

言いながら、涙がこぼれそうになる。彼のそばにいる資格がないと自分の言葉ではっきり認めることが、こんなにもつらいとは思わなかった。けれど、ここで弱みを見せるわけにはいかない。彼が安心して去れるように。自分が、強いまま別れられるように。

「わたしはこの国で、獣人と人間について勉強する。そして、二つの種族が穏やかに繋がれるよう努力する。あなたが世界に向けた怒りが、少しでも和《やわ》らぐように」

「……どうやって?」

彼の問いかけは静かだった。

「まずは時間と場所が必要です。獣人たちが安心して人間の世界を学べる場所を作る。たとえば……そう、学校のようなところを」

「できっこない」

否定は、微笑むようですらあった。やってみてくれと、祈るようだった。

「それまであなたは、あなたの生き方を続けてください。生き続けてください。世界のどこにいようと、この変化を、あなたに届けてみせる」

「……わかった」

二人は寂しげな微笑みを交わし、静かに別れの儀式を終えた。

抱き合うことも、再会を誓《ちか》うこともなかった。

「さようなら」

遠ざかる獣人たちを、ナタリアはウィルたちと共に、いつまでも見送った。

彼らが遠く、砂煙の奥に消えるまで、ずっと。ずっと。

エピローグ

BNA ZERO
EPILOGUE

市長室の窓から俯瞰《ふかん》する都市の姿は、これまで見てきたどんな街の風景とも違って見えた。すでに数々の事務作業が激務と呼べるレベルを超えた忙しさに達していたが、ガラスのむこうに広がる街が正式に命を宿すのはこれからだ。

獣人《じゅうじん》たちが暮らす街アニマシティ。その、開始前夜。

市庁舎周辺の街並みはすでに整備されているとはいえ、まだ遠方では昼夜問わずの大工事が行われていた。明日、移住者たちが押し寄せてからも、彼らの目の前で獣人たちの街作りは続いていくだろう。

(続く……)

そう。これは終わりではなく、そして始まりでもない。

続き。ずっと前から始まっていたものの、その続きの一時《いっとき》にすぎない。

今自分が何を思っているのか、ガラス窓に映る自己の表情を確かめた女性は、少しあの人に似てきたと思えなくもない鈍《にぶ》い瞳《ひとみ》に、わずかな満足感を覚えた。

これは痛みに鈍《どん》した者の目ではない。傷つきなお抗《あらが》う者の証《あかし》だ。

市長室の扉の前に、誰かが立つ気配があった。

階下で移民の書類手続きに大わらわになっている職員たちの喧騒《けんそう》から、一歩も二歩も抜け出したように静謐《せいひつ》な——孤独で気高い空気。

がらにもなく躊躇《ためら》っているような気配の揺らぎにクスリと笑った彼女は、すぐさま「どうぞ」の一声を扉の奥へと投げかけていた。

彼が入ってくる。

受付も、秘書の石崎《いしざき》も介《かい》することのない、極《きわ》めてプライベートな相手。その名を呼ぶ。

「大神《おおがみ》さん」

以前、荒野の朝焼けの中で別れた時と寸分変わらない士郎《しろう》は、「よう」と小さく挨拶《あいさつ》して、少し所在《しょざい》なげに市長室を見回した。

職務机に、パーテーションで区切られた応接間。街の設立に尽力してくれた人々と、忘れることのない恩師たちの写真。クロ用の止まり木。そして最後に、こちらの背後に広がるできたばかりの夜景を見て、彼は静かに笑った。

「俺の負けだ、ナタリア。まさか学校どころか、獣人の街を作ってしまうとは」

「今は、バルバレイ・ロゼと名乗っています」

ロゼは少し体をほぐすように首をすくめ、微笑《ほほえ》み返した。

「野蛮《やばん》と友愛、文明と野性、激しさと穏《おだ》やかさ、色々なものが受け容《い》れ合って新しいものとなる。そんな意味を込めた名前です」

「髪を切ったのか？」

数十年ぶりの再会で、二言目がそれかと、何も知らない者が聞いたら呆《あき》れかえるところだろうが、ロゼには意味も意義もある問いかけだ。

一本も毛の生《は》えていない頭皮を撫《な》でつけ、

「ええ。人と会う時に、獣化した姿である方がより立場を明確にできるので……そのたびにいちいち抜け毛をばらまいていたら、掃除の方が大変ですからね」

「おまえは、獣人の姿があまり好きではないと思っていた」

士郎が少し気まずそうに言った言葉に、ロゼはわずかに目を丸くした。

「気づいていたんですか？」

「まあ、長旅だったからな」

おどけたような口調は彼にしては珍《めずら》しい。それが親しみの表れであると察したロゼは、ひどく若々しい気持ちが胸の奥で揺らめくのを感じた。

「おまけに、眉間《みけん》にしわが寄ってるぞ。もう少し力を抜け」

「あなたに言われたくない」

二人で吹き出し合った。

「――これが、今のわたしです」

ロゼは小さい体をめいっぱい直立させ、士郎を見つめた。

彼は目を細め、口元を緩《ゆる》ませた。

「強くなったな。あんな非力な小娘が」

ちらりと、部屋の隅《すみ》の棚に飾られている博士号の証明書や、色々な研究発表会のトロフィーを見やる。

「行く先々で、おまえのことを聞いた。今でこそテレビに映るのも珍しくないが、最初の頃は誰もが画面に釘付《くぎづ》けだったぞ。あらゆる獣人たちの希望の星だった。いや……希望の星に、なったんだ」

人間の街でひっそり暮らす獣人も、森の中で昔ながらの生活をする獣人も、街の暗がりで強《したた》かに生きる獣人も、迫害にさらされながらも前を向き続ける獣人も。

みな、そう思ってくれたのだろうか。

（いいや）

そうしてくれた、と胸の中で言い直す。自分のもとに届いたたくさんの手紙が、その証。ヤギ獣人も、トラ獣人も、クロヒョウも、クマも、サイもチーターもイルカもビーバーもみんなみんな、応援してくれた。

体を半身にし、顔の片側で街を見下ろしながら言う。

「多くの方の協力があってこそです。このアニマシティなら、獣人たちに時間と場所を与えられる。獣人たちが世界を学び、世界を受け容れるための猶予《ゆうよ》を」

次に返される彼の言葉が、少し怖かった。人間嫌いの彼は、まだ「人間のことなど学ぶ必要はない」と吐き捨てるのだろうか。それとも、無言のままここを出ていくだろうか。

後ろに組んだ手が、少し震えた。士郎と正対できない姿勢は、まるで防御《ぼうぎょ》のようだと自嘲《じちょう》する。恐れていた。今日ここに至《いた》るまで、様々な否定の声を撥《は》ねのけてきたのに、ただ一人、大神士郎の返答だけを、恐れていた。

けれども彼は、思いもよらぬ言葉を、言ってくるのだ。

「俺も手伝いたい」

そんな、言葉を。

「………………！」

弾《はじ》かれるようにして、ロゼは真《ま》っ直《す》ぐ士郎と向き合った。

「伝説の銀狼《ぎんろう》が、わたしとこの街に力を？」

少し迂遠《うえん》な言い方をしてしまったのは、そうしなければ、街の長としての威厳《いげん》を一瞬で失い、飛び跳《は》ねてしまいそうだったからだ。獣人にとって、威厳は、まあまあ重要なのだ。

「俺は一介《いっかい》の獣人にすぎない」と彼は苦笑する。

「アニマシティは、獣人たちが人間に脅《おびや》かされることなく暮らせる街だ。こんな場所、世界のどこを探してもない。俺はここを守りたい。今度こそ、守り抜きたい」

彼の握られた拳《こぶし》の中にあるのは、ニルヴァジールか、それともワカン・タルカだろうか。

だが、どちらにせよ、それはとても、とても、大切なものだ。

「大神さんがいてくれたら、こんなに心強いことはありません。これまで、多くの獣人たちを導いてくれたあなたたなら――」

期待を込めて眼差《まなざ》しを返すと、彼はロゼの言葉を押し止めるように小さく手を持ち上げ、

「言ったはずだ。俺は一介のオオカミ獣人にすぎない。この街でみんなを導くのは、あんただ。オオカミはボスに従う。わかってるだろ？」

「……そうですね」

知らず、また彼に頼ろうとしていた自分の弱さに気づき——しかしそんな感情もまたよしと胸にしまいこんで、ロゼはわずかに首を振った。

次の瞬間から、穏《おだ》やかで怜悧《れいり》な眼差しで、彼女は彼を——唯一無二《ゆいいつむに》の友を見つめた。

「では、よろしくお願いします。大神君」

「了解した。バルバレイ・ロゼ市長」

澄《す》んだ空気と緊張がお互いの間に流れ、そしてゆるやかに、微笑の中に溶けていった。

明日からアニマシティが始まる。

移住希望者は現時点で八万人。この数は、街の評判が広がるにしたがってさらに膨《ふく》れ上がっていくだろう。

国連は声明にて獣人の存在を認め、「彼らはいつだってそこにいた」と世界に知らしめた。

しかし、国際的にも認められた新たな住人の登場は、それまでの世界秩序に大きな波紋《はもん》を広げることになる。その権利や義務、どこの国にも属することのない渡り鳥たちの処遇《しょぐう》……。

以前よりはるかに多くの人間たちから存在を認知されたとはいえ、獣人たちは今も世界中で

迫害され、行き場と、生き場を失《な》くしている。
獣人たちは、今まで以上に助けを必要としていた。
彼らと共に生きる。この世界の一員として、生き抜いていく。
願わくば、ここアニマシティが多くの獣人たちの——
そして傷つき疲れた、たった一人の救世主のための——
心の傷と怒りを癒《い》やす、第二の故郷となりますように。
それが、かつてナタリアと呼ばれた少女の、たった一つの願い。

あとがき

本作を手に取っていただき、誠にありがとうございます。

初めましての人は初めまして。お久しぶりの人はお久しぶりです。伊瀬《いせ》です。

今回は、わけがわからんほど熱量の大きい作品作りに定評がある、株式会社トリガーさん原作のアニメ『BNA ビー・エヌ・エー』のスピンオフを書かせていただきました。

アニメでは獣人だけが住む街・アニマシティが主な舞台となっているため、小説ではその外の世界——獣人《じゆうじん》と人間が混在する世界にアプローチしてみました。国境のような明確な区切りを持たない彼らの生活は、果たしてどうなっているのか。両種族の関係がもっとも危うい時代を旅する二人の獣人を通して、それを確かめようという試みです。

ここから先は本文のネタバレを含むためご注意ください。

このお話のメインとなるのは、獣人の代表格である大神士郎《おおがみしろう》と、アニマシティの市長をやっているバルバレイ・ロゼです。彼らは、元人間という視点を持つアニメの主人公みちるとは異なり、純粋な獣人視点を持つという点で決してはずせない二人でした。

突然ですが、作者は士郎のように強くてひん曲がったキャラが大好きです。デタラメに強い、けれど偏屈《へんくつ》なところがあって融通《ゆうずう》が利《き》かない。その偏《かたよ》りが強さの源《みなもと》であり、同時に一番脆《もろ》いところでもあるという点に、何やら、朽《く》ちゆく男の美学みたいなものを感じてしまうのです。

ロゼ＝ナタリアはそんな士郎にカウンターアタックができる少女でした。単にそばにいるからというだけでなく、士郎と同じ怒りを抱きつつも別の思想へとたどり着いたナタリアには、彼の底なしの怒りと対等に張り合う資格が十分にあったのです。これは、人間の町で人間として暮らしてきた過去を持つみちるにはできないアプローチでした。

結局、ナタリアは士郎を救えたのか？　その答えは今出すのではなく、次の時代の物語を待ちたいと思います。

以下、謝辞《しゃじ》です。

このお話を書くにあたり、大変多くの裏設定を教えてくれた脚本家の中島《なかしま》さま。その壮大な設定を個々人の物語に落とし込むヒントをくださったスタッフのみなさま。とてもすべてを盛り込むことはできませんでしたが、士郎とナタリアを描く上で極《きわ》めて重要な土台となりました。みなさまのおかげでスピンオフ小説『BNA ZERO ビー・エヌ・エー・ゼロ　まっさらになれない獣《けもの》たち』ができました。アニメのビジュアルをそのまま小説に持ってきてくださったトリガーのスタッフさま。市長かわいいよ市長。髪形だけでも子供時代に戻して（懇願《こんがん》）。誤字脱字絶対許さない校正さま。今回は特に多かったのではないでしょうか……。本当にすいません。そして今回も調整が絶対大変だった担当のIさん。お疲れ様でした。

最後に。

頑《かたく》なな男にはうずくまって泣ける場所が必要です。もう失ってしまったからこそなおさらに。
それでは、またどこかでお会いしましょう。

伊瀬ネキセ

この作品の感想をお寄せください。

あて先　〒101-8050　東京都千代田区一ツ橋2-5-10
集英社　ダッシュエックス文庫編集部　気付
伊瀬ネキセ先生

BNA ZERO

ビー・エヌ・エー・ゼロ

まっさらになれない獣たち

原作:アニメ『BNA ビー・エヌ・エー』
小説:伊瀬ネキセ
監修:中島かずき
デザイン監修・イラスト:TRIGGER

2020年4月28日　第1刷発行

★定価はカバーに表示してあります

発行者　北畠輝幸

発行所　株式会社　集英社
〒101−8050 東京都千代田区一ツ橋2−5−10
03(3230)6229(編集)
03(3230)6393(販売/書店専用)
03(3230)6080(読者係)

印刷所　株式会社美松堂／中央精版印刷株式会社

編集協力　石川知佳

ISBN978-4-08-631364-3 C0193